魔豆

我，
Elf, foods
and save the world!
精靈王，
缺錢！
01
醉琉璃——著

我，精靈王，缺錢！

01

目錄

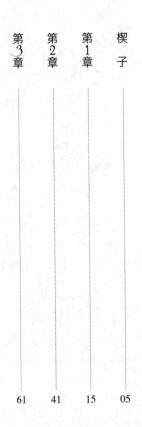

楔子

刺眼的光線和尖銳的喇叭聲在腦內炸開，就像是投放入一顆引爆的炸彈——

砰！

他驟然睜開了眼睛，映入眼底的是一大片純潔的白，除了白色什麼都沒有。簡直像是被關在一個全白的箱子裡，包括身上也是一套寬鬆的白袍。

而這箱子，別說是出入口了，甚至連一絲縫隙都沒看見。

……囚禁PLAY？

誰那麼無聊，難不成是看中他的臉？

思緒頓了一下，他下意識伸手摸上臉頰，後知後覺地發現到，他竟然對自己長得什麼樣沒有一絲概念。

不，不只是長相……他完全想不起自己是誰了。

他在哪？他是誰？他要去哪裡？

人生三大哲學問題，一口氣全往他頭上砸下來。

不管怎麼想，腦袋裡就是一片空白。他也乾脆不想了，從地面站起，下意識先摸向口袋，沒有手機、錢包，自然也找不到其他能夠證明身分的東西。

他沿著這個純白空間走了一圈，地方不大，推測是三到四坪左右。壁面摸起來光滑且沒有溫度，不像一般常見的水泥牆壁。

確認沒有任何新發現後，他就地再坐下，揉揉還隱隱有些抽痛的額角，醒來前的畫面仍在腦中縈繞不去。

一輛超速打滑的大卡車朝自己衝過來，以當時的速度和衝擊力來看，自己不可能還完好無缺。

他低頭看看身體，確實是哪裡也沒少，保險起見，他沒忘記檢查內褲裡面。

嗯，是一隻生機蓬勃的鳥呢。

現在有三個可能性擺在他面前。

一，他死了，這是死後的世界。

二，他沒死，只是作夢。

三，小說裡最流行的梗發生在他身上——他穿越了。

他用力地捏了自己一下。超痛，那就表示不是作夢。

剩下的兩個選項，無論哪個都不是憑他一己之力就能改變現況的。

既然如此……還是睡覺吧，反正也沒事幹。

還沒等他擺出一個最舒適的睡姿，原本空無一物的前方突然銀光乍現，緊接著一顆籃球大的銀色光團飄浮在空中。

光團說話了，低冷清淡的男聲在白色空間響起。

「在下是眞神代理人，初次見面您好，您可以稱呼在下斯利斐爾。您在原世界已經死亡，是眞神的力量將您的靈魂拉了過來。依照您原世界的認知，是的，您穿越了。眞神爲您塑造一具新的身體，並讓您成爲了祂的眷族之首——精靈王。」

精靈？一聽見這名詞，他忍不住往自己耳朵摸去，異於常人的尖長耳朵讓他吃了一驚。

看樣子，精靈是尖耳朵的設定，連異世界也通用。

但精靈王是怎麼回事？莫名其妙讓一個外人，還不是這世界的人當王……精靈們難道不會有意見嗎？

他是這麼想的，也把這疑問說出來了。

「請放心，他們不會對您有意見。」自稱是斯利斐爾的光團說，「他們在上個月就已經滅族。」

……所以那還是連一個子民也沒有的王。

「我拒絕。」

難道他看起來有一張像冤大頭的臉？好吧，其實他也不曉得自己的臉長怎樣。

「明白，您答應成為精靈王。」

「你聽得懂人話嗎？」

「了解，您答應成為精靈王。」

光團用行動表示自己顯然聽不懂人話。

不給他有發表任何意見的機會，光團身上倏地閃爍幾下，銀白光華冷不防轉成火焰般的橙金。

下一秒他瞪大眼，發現自己身處的白色空間驟然消失，整個人竟是來到高空之上。

他以爲自己就要摔落，成爲最快在異世界摔成一灘肉醬的穿越者。可隨即發現到，預想中的高速失重感遲遲沒有到來，他的腳下像踩著一片透明之壁，穩穩地承接住他的重量。

藍天包圍在他周遭，彷彿伸手就可觸及雲朵。腳下是廣袤無際的陸地，山脈連綿起伏，像盤踞在大陸上的龍脊，河流則彷若銀白色緞帶，朝四面八方湧動；高高低低的建築物如同色彩鮮明的積木堆疊錯落，陸地上的生物乍看下則像是小得如芝麻粒的黑點。

這算是……3D全息投影嗎？

與此同時，大片文字和慷慨激昂的音樂無預警闖入他的腦海中。

在世界一片渾沌、文字尚未出現的遙遠過去，從天空降臨了兩位眞神，祂們舉起了創世的火焰。

祂們說：

吾之名爲羅德。

吾之名爲謝芙。

於是黑暗退去，光明照耀大地。

法法依特大陸於焉成形。

在兩位眞神的守護下，人類終於得以推動文明，讓世界直至繁榮。爲了回報眞神的恩惠，人們將創世之年定爲羅謝聖曆元年，並遵循眞神教誨，成立羅謝教派。

之後法法依特大陸被分離成南北兩塊，世界結構變動爲兩大陸、四大洋，而橫亙在兩塊大陸中間的是任何生物皆難以逾越的寂靜之海。

他身邊的影像跟著出現變化。

他與陸地之間的距離不斷地拉遠再拉遠，直到那塊被從中切分成兩半的大陸完整地納入他眼中。深藍色海洋包圍著陸地，白浪在他眼中彷如破碎的星光閃動。

接著一眨眼，空中一角突然飄下了細細的黑雪，有如火山灰被吹拂到高處。

黑雪起初只是小範圍地落下，一沾到地面就消失無蹤。

但隨著畫面快轉，黑雪分布的範圍越來越廣，終於籠罩了整片大陸。

那片充滿富饒色彩的陸地迅速被不祥的闇黑侵蝕覆蓋，黑色爬上世界各處，連生物也不放過。

不過幾刻間，洋溢蓬勃生機的法法依特大陸變得死氣沉沉，就連海洋亦無法倖免。

他的腳下變成了一個黑色的世界。

然後支離破碎。

什麼也沒留下。

刺眼的白猝不及防地全數回歸，突來的場景轉換讓他頭暈目眩，反射性閉上了眼。

當他再睜開眼，發現又重回到那個純白的小房間裡。

銀白色光團依舊飄浮在他眼前。

「《法法依特大陸毀滅記》已播放完畢，剪輯、文字、配樂，皆由在下負責。您無須告訴在下感想，在下同意影片相當完美。」

冷淡矜持的男聲重新上線，光團的亮度跟著提升了好幾度，彷彿對自己的作品極爲自豪。

「當然，倘若您非要告訴在下不可，在下也會勉爲其難聆聽。」

他的感想就是這團自稱眞神代理的光還挺不要臉的。

「在下還沒說，恭喜您成爲新任精靈王。如您所見，您來到的地方是法法依特大陸，由羅德、謝芙眞神創造守護。卻由於不明黑雪的降臨，造成世界走向終焉。」

「慢著。」他舉起手打岔，「爲什麼你的說法，聽起來像是已經發生過世界末日這種事？」

「正確說法是，已經發生九十八次，如今將迎來第九十九次，同時也是最終回。」光團說，「這次倘若依然無法阻止黑雪侵蝕，世界將徹底結束，再無重來的可能。」

「那前面的九十八次重來呢？都沒阻止成功嗎？」

「有的話也輪不到您重生穿越了。世界是由眞神創造，祂們可以選擇將某段時空保留，再重新讀取，讓世界的時間線回到黑雪尚未出現之前。眞神一再讀取完好的儲存部分，希望改變世界毀滅的命運，不知爲何卻反倒加速了黑雪的侵蝕速度。」

這力量……聽起來莫名有種熟悉感，好像在哪曾見識過……

他絞盡腦汁地回想，驀地靈光一閃，眞神的名字給了他靈感。

羅德、謝芙！

啊，不就是LOAD和SAVE嘛！

怪不得是讀檔和存檔的功能。

「這九十八次以來因種種因素，都無法找出黑雪的出現原因及其根源，只能迎來相同的破滅結局。如今眞神的力量幾乎消耗殆盡，只剩最後一次機會，而且世界目前能維持的時間極爲短暫。」

「所以是有多短，總不會只剩下半年左右吧？」他找了個聽起來就不樂觀的數字。但現實告訴他，他還是想得太樂觀了。

「世界還有三天即將步入毀滅。眞神已進入沉眠，黑雪一旦降臨，黑雪的來源便需要靠您探查清楚。在這之前，您將接收到多項任務，每完成一項，就能爲世界換取繼續存在的時間。」

光團忽地停止閃耀，原先的低冷男聲轉成了一道無機質的合成機械音。

「第一項任務發布——這三天內請完美地以女性身分融入人群，我方將會負責提供適當衣物。」

下一秒，屬於男人的聲音在全白空間裡迴響。

「衣物準備完畢。女性內衣褲提供黑色蕾絲款、白色蕾絲款，以及粉紅色蕾絲款。只要穿上，就能隱藏男性性徵，請問您要選擇哪一個？」

三套不同顏色的蕾絲胸罩和蕾絲小褲褲平空浮現在光團旁邊，搭配充滿禁慾感的嗓音，那畫面怎麼看怎麼詭異。

面對眼下的情況，他的語氣就像變成水平線的心電圖一樣平靜。

「我選擇死亡，謝謝。」

第1章

死當然是沒死成的。

根據斯利斐爾所說，他如今說起來也不算是活著，除非走出這個白色空間，才是真正重生為精靈。

但起碼他成功拒絕了穿上女孩子的內衣褲。

「穿上這些東西會讓我不自在，一旦我感到不自在，就不可能完美假裝成女孩。既然任務註定會失敗，那還是讓我直接選擇死亡吧。」他態度冷靜地向光團提條件。

這個理由說服了斯利斐爾。

三套蕾絲內衣褲瞬間消失無蹤。

「您說的很有道理。」斯利斐爾同意，「那就只須換上裙子即可，如果須要改換顏色款式，請直接告訴在下。」

他反射性低頭一看，自己身上的衣物不知道什麼時候變了模樣。寬鬆的白袍變成淺色長裙，好在裙裡還有一件方便行動的貼身長褲。

「這樣就可以，用不著再改了。但臉呢？我還不曉得我長怎樣。」

萬一先天條件太過不足，就算換穿女裝也沒用。他對化妝可是一竅不通，學不來神乎其技的畫皮技術。

一面等身高的鏡子驟然出現他眼前，讓他能將自己的新軀體從頭到腳打量一遍。

鏡裡倒映出來的，是一名長相中性的貌美青年。

身形纖細、手腳修長，一頭淡綠短髮末端淺白，髮梢像羽毛般散開；眼珠是淺淡的紫色，左眼下方還有三點小小的淚型寶石點綴其上，尖長的耳朵從兩側髮間伸出。

青年摸摸尖耳朵，又摸摸眼下的寶石。這外表假扮成女性倒是很容易，假如這不是自個兒的身體，他看見了恐怕也會錯認性別。

但他有點意見。

「我的外表能再調整嗎，我對有些地方不太滿意。」

「具體來說？」

「臉頰要肉，手臂要肉，當然肚子和屁股也要肉。」他義正辭嚴地表達了想當一個胖子的願望。

「精靈族沒有胖子。」斯利斐爾一口回絕。

「可是這樣看起來口感不好。」青年嫌棄地捏捏手背，「白白胖胖的話，我餓了還可以咬我自己過過癮。」

斯利斐爾顯然沒料到，這一位居然連自己都狠心下口。

假如他在這一刻更加敏銳的話，就會察覺到綠髮青年無意中流露出對食物的執著，那麼接下來他絕對不會貿然地露出自己的真身。

——可惜他沒有。

「精靈族從來沒有胖子，過去、現在、未來都是。」斯利斐爾重申一遍，冷酷地跳過了這個話題，「在世界毀滅前，在下會待在您身邊。您有任何不懂的地方都可以提出疑問，只要您完成最終任務，眞神就會讓您重新回到您的世界。」

「喔。」青年看起來對這個報酬不感興趣。

「您不想回去嗎？」

「我連我自己是誰都想不起來，回去哪邊有差嗎？至於找回記憶什麼的，反正重要的就會想起來，想不起來就隨便。」他看著自己的十根手指，多希望它們胖一點，還能當白香腸咬一咬，要是有甜芥末醬可以沾就更好了，「既然不能死，我也沒事幹，那就照你們說的去做任務吧。不過我把你帶在路上走，也太引人注目了吧？」

「在下可以待在您的腦海中，以意識形態和您交流。」

「我的腦子不收房客，再多房租也不行。」青年拒絕。

「在下了解了，那在下就以原本形態跟隨在您左右吧。」隨著話聲飄出，銀白光華漸漸散去，隱藏在銀光後的物體也顯露在青年面前。

綠髮青年前一秒還神情散漫地倚在白牆邊，下一秒卻霍地彈直身體，瞳孔收縮，在這瞬間感受到心臟遭到重重一擊，腦袋甚至還傳來一陣暈眩。

光輝全部散去之後，飄浮在空中的是一個暖色物體。

雖然體積大了不只一點，還長著一對白色小翅膀，可青年一眼就認出那是什麼。

那是、那是……那是舒芙蕾厚鬆餅啊啊啊啊！

看看那美麗的黃橙色，外表又厚又鬆軟，輕盈蓬鬆如雲朵，彷彿輕戳一下都會彈回來；表面還淋上琥珀色的蜂蜜，半透明的液體從略呈焦糖色的邊緣淌落，光是看著就好似聞到蛋香和麵粉香氣，再混著一絲甜滋滋的味道。

青年的心臟怦怦跳，雙腿有些發軟，只覺得自己陷入了愛河。

他對這個絕世美鬆餅一見鍾情了。

而愛它，就是要吃掉它。

這才是至高無上的愛情表現！

「這體型不太方便行動，在下會再縮小。」斯利斐爾專心地準備調整大小，以至於疏忽了青年的異狀。

他還來不及做出任何改變，冷不防一股外力就朝他撲了上來。

綠髮精靈簡直像是惡虎撲羊，誰也想不到那纖細的身子能散發如此凶猛的氣勢。不給斯利斐爾絲毫反抗的機會，他張嘴就朝覬覦的橙黃色鬆餅大口咬下。

冷淡自持的聲音首次出現了劇烈波動，「住手、住手……住嘴！在下不是眞的食物！請您……呃啊啊啊啊！」

青年充耳不聞，全心全意要表達他的愛情行爲。大大的鬆餅不到片刻就被他狼吞虎嚥吃得精光，連渣渣都沒留下。

抹了抹嘴巴，青年困惑地皺起眉頭。他明明吃下那麼大一個厚鬆餅，爲什麼嘴裡都沒嚐到丁點味道，彷彿剛剛吃下肚的是一團空氣。

在他納悶之際，面前忽地又冒出點點銀光，眨眼又凝聚出一個全新的厚鬆餅。

青年眼睛大亮，一次吃不出味道，那就再來個第二次！

斯利斐爾正要嚴厲斥喝青年的行爲，就發現一雙雪白雙手已牢牢地抓住自己。

青年露出了宛如餓狼見到純潔小羔羊的險惡笑容。

慘叫聲再次綿延不絕地迴盪在純白空間裡。

身爲眞神的代理人，本該沒有感情的斯利斐爾，有生以來第一次體會到什麼叫作劫後餘生。

他本來就不是眞正的食物，而是能量的聚合體，被綠髮青年吃下後，轉眼間就能再回復原狀。

然而才剛成形，就被青年吃得連渣都沒剩。

經歷過兩次摧殘，第三次塑形時，斯利斐爾一瞥見青年冒出飢餓綠光的雙眼，沒有心臟的他卻覺得心中咯噔一下，當機立斷地採取其他行動。

「奉眞神旨意，將世界知識傳輸給您，請即刻接收，並做好進入法法依特大陸的準備。倒數五秒，五四三二一——」

斯利斐爾的聲音是直接在青年意識中響起，當最後一字落下，難以計數的資訊霎時像宣洩而來的潮水瘋狂灌入。

世界的創世主是羅德、謝芙兩位眞神……

祂們同時是魔法的源頭，自然元素的主人……

世界由兩大陸，四大海洋組成……

東海、西海、北海、南海環繞在外，寂靜之海橫亙法法依特南大陸與北大陸之間……

沒有任何生物可以從中穿越寂靜之海，南北大陸往來必須從外邊海域繞過……

大陸上族群眾多，其中以人族佔最多數；海中則有海之住民，由四海皇族統率各自領域……

精靈，眞神的眷族。貌美、體態修長，臉上、身上有寶石組成的圖紋，鮮少出現在人類面前，隱居在無人知曉之處，在大陸上已成爲傳說的一族；天生擅長魔法，不須喃誦禱詞也能向自然元素借引力量……

與此同時，四周的白也越變越淡，明亮光線從後透射過來，讓青年忍不住閉起眼。

等他雙眼適應了周遭的亮度，這才發覺先前的雪白空間在不知不覺中消失了，如今他置身在一處原野之上。

一名陌生、先前還不曾存在的褐膚男人就站在他旁邊。

男人的面貌矜貴俊美，銀髮梳理得整整齊齊，唯有額前幾綹髮絲垂了下來。左眼處戴著一枚單眼鏡片，紅棕色的眼珠深處沒有半點人氣，冰涼得像無機質的金屬，彷彿世上一切事物都入不了眼。手上還戴著一雙白手套，執事服的釦子一路扣到最頂端，散發著濃濃的禁慾感。

青年立刻就想到四個字，衣、冠、禽、獸。

即使男人尚未開口，他幾乎是直覺地說出一個名字，「斯利斐爾？」

「是在下沒錯。」斯利斐爾點頭。

青年的視線在斯利斐爾的臉上停留一會，「長得讓人不太有食欲啊，怎麼不維持原來的模樣？那多……可愛。」

斯利斐爾更相信對方想說的是「那多好吃」。

「不過你這膚色倒是不錯。褐色的，像焦糖，還有蜜汁烤雞……」青年說話間隱約帶著口水的吞嚥聲。

斯利斐爾一邊不著痕跡拉開彼此距離，一邊後悔自己怎麼不選擇蒼白到像重症病患的白膚了，省得化出人形還要被當成食物意淫。

好在青年再怎麼愛吃，也不至於喪心病狂地把人列進他的菜單內。想著以後要是懷念起蜜汁烤雞就多看看斯利斐爾，他挪開目光，觀察起自己現下身處的環境。

他們正位於一片原野中。

帶著青草氣息的微風吹拂著，高度到膝的草葉隨風擺晃，放眼望去像一大片碧綠的毯子，更前方則矗立著蒼翠的森林。

青年將目光從遠方收回，低頭看著自己腳下。那裡放著一個背包，三顆巴掌大的金蛋，還有一小袋亮晶晶的青碧錢幣。

他的腦中自動冒出相關資訊，並配合仍保留的原世界知識輔助說明。

那是晶幣，法法依特大陸的通用幣之一，價值極高。如果說銅幣、銀幣和金幣相當於自己原世界的一元、十元、百元，那麼晶幣就是千元大鈔等級的存在。

雖然只有一小袋，但也能成爲一位小富翁了。

「這三顆蛋是讓我在路上吃的嗎？」青年的目光移向閃閃發光的金蛋，心中開始想著蒸炒或是水煮哪種作法比較好吃。

「這是您今天的食物。」斯利斐爾在他伸手抓起金蛋之前，把那一袋晶幣先塞進他的手中，「至於這三顆蛋，是您的子民。」

「子……什麼？」青年狐疑地掏掏耳朵。

「子民，還未誕生的精靈。」斯利斐爾將三顆金蛋都放入背包內，再把背包交給青年，「沒有族人無法稱之爲王。除了阻止世界末日之外，您還要孵出您的族人，好好照顧他們長大。」

青年被動地捧著背包，一臉悵悵。

蛋不能吃，看上的美鬆餅吃了沒味道，現在還大變成活人。人生……精靈生怎麼那麼難？

如果說剛醒來時是無欲無求，但在目睹斯利斐爾的眞身之後，青年的食欲徹底地被勾起，再也壓不下去。

他現在只想吃東西，而前方的蔥鬱森林顯然是目前最有可能找到食物的地方。

斯利斐爾跟在他的身後走，「您已經擁有法法依特大陸的各項知識了，再來您還需要擁有姓名，如此一來，才算是真正成為法法依特大陸的住民。」

「啊。」青年心不在焉地回應。

要是沒有因為車禍掛掉，又穿越過來的話，他現在就能盡情大吃特吃。

眞想吃啊……臭豆腐、豬血糕、米苔目、粄條、牛肉麵、陽春麵……

「那麼就請您現在為自己取一個合適的名字，在下會將這名字傳達給眞神，正式登記於這個世界。眞神雖然沉眠，但依舊保留對世界的感知。」斯利斐爾的食指往虛空一劃，一個透明欄框飛至青年身前，「您所想的姓名將會直接輸入於此處。」

青年仍是敷衍地「啊」了一聲。他越想越餓，腦中控制不住地跑起一大串美食名單，渾然沒細聽斯利斐爾的說話內容，更別說注意到透明框裡不斷閃動出現的文字。

鹽酥雞、香雞排、炸銀絲卷、肉丸、滷味、蚵仔煎、棺材板、東山鴨頭、雞塊、薯條、漢堡、羊肉爐、三杯雞、珍珠奶茶、小芋圓奶茶、烏龍綠、多多綠、大腸包小腸、翡翠湯、大腸麵線、小籠包、蒸餃、八寶冰、燒仙草、虱目魚肚湯、狀元糕、鳳眼糕、火雞肉飯……

密密麻麻的文字不到一會就將欄框塞滿，再也擠不下更多。

「您的姓名字數已達到上限，無法再增加。」斯利斐爾出聲，「由於您的名字太長，請在十秒內從中再挑選出方便稱呼的短稱，否則將由在下進行隨機抽選。」

「什麼？」青年終於從美食的想像中回過神，吃驚地看著飄浮身前的框框。大大的「姓名欄」三個字差點晃花了他的眼，隨後更是發現到底下成排的文字分明就是他剛剛在想的各項小吃！

「倒數開始，十、九……」

「等等，我不是！我那只是肚子餓在想吃的！」

「了解。您還有八秒時間考慮，八、七……」

就算如何熱愛食物，青年也不想頂個「珍珠奶茶」或是「香雞排」之類的短稱行走。在如同催命的倒數聲中，他發揮了超常的閱讀速度，一目十行地掃過了近三十項的小吃名字，果斷地從裡頭選中了兩個字。

「翡翠！就叫翡翠！」

「了解，認證完畢。您今後的短稱便是翡翠，全名則是……」

「夠了，閉嘴！」

暴躁地打斷斯利斐爾，被迫擁有一百字以上菜單爲姓名的翡翠閉上眼，內心滾過了三個大字。

草泥馬。

翡翠花了十分鐘還是背不住他的名字，重點是越背越餓。

察覺到看向自己的目光逐漸染上飢渴之色，似乎下一秒就會掙斷理智之鍊朝自己撲來，把自己當成解饞的食物，斯利斐爾果決地阻止翡翠繼續背誦。

「您的全名在下已好好記錄了，需要的時候，詢問在下即可。」

「不、早、說。」翡翠強迫自己別再緊盯斯利斐爾不放。做精靈也是要有底限的，再怎麼餓都不能把對方當成口糧吃。

……等到了逼不得已的時候再說吧。

渾然不知自己還是被蓋上了儲備糧之章，斯利斐爾在翡翠轉移視線後，露骨地鬆了口氣。

「您要是現在感到餓的話，可以先吃在下今天給您的……」

翡翠沒把話聽完，那雙紫眸霍地犀利鎖定某個方向。

毛茸茸、像團褐色雪球的兔子在不遠處草叢裡一蹦一跳，兩隻垂下的耳朵時不時還跟著甩晃起來。

可愛的小動物總是容易吸引人的目光和腳步，包括翡翠。

「您喜歡兔子嗎？」斯利斐爾跟著翡翠停下了步伐。

「喜歡啊。」翡翠蹲下身，一手拾起一塊稜角尖利的石頭，另一手往前勾了勾手指，配合嘴裡發出的低喊聲，像在引誘著小兔子往自己這邊看過來。

然後在兔子停下步子、好奇地扭頭看過來的一瞬間，他身手矯健地飛撲上前，石頭快狠準地敲上了兔子的腦袋。

「特別喜歡吃。」翡翠將昏厥的兔子倒拎起來，對沉甸甸的重量很滿意，「我的身手意外地俐落呢，對攻擊好像也挺熟練的，普通人應該沒辦法做到這樣的吧？難道說，我失憶前……」

「您想起什麼了嗎？」

「是個殺手。」

「是個……什麼？」

「殺手。」翡翠斬釘截鐵地說。

斯利斐爾沉默一瞬，「在下覺得該提醒您，您是失憶，不是失智。」

「而你連腦子都沒有。」翡翠像在爲斯利斐爾感到遺憾，「別擔心，我通常不和沒腦子的人計較。」

不再多看斯利斐爾一眼，他將石頭尖端往兔子身上比劃比劃，像在思索要從哪邊下第一刀才可以快速地完成剝皮。

只是尖端剛抵上兔子的後頸處，翡翠的脖子後倏地寒毛豎起，就像身體本能察覺到未知的危險。他停住動作，下一瞬猛然扭過頭。

後面什麼也沒有。

但十秒過去後，一顆碩大頭顱慢慢地從交錯的樹蔭後探了出來。

那是一張毛茸茸的臉，血色眼珠在幽暗處像會發光一樣，微張的嘴內是大得能輕易咬掉人腦袋的門牙。

牠挪移著頭部，兩隻長長的耳朵貼垂下來，罩下的陰影足以將翡翠完全蓋住，將他本就纖細的身影襯得越發渺小。

翡翠看著仍抓在手上的小兔子，再看向那隻體型起碼是小兔子幾十倍的大兔子。

「在下正要告訴您，您狩獵到的是魔物虹兔的幼兔，幼兔旁邊一定會有一隻成年兔伴隨。」斯利斐爾平靜地補充，「不是牠的父親，就是牠的母親。」

翡翠注意到虹兔雙眼只牢牢盯著自己不放，彷彿沒瞧見斯利斐爾的存在。

「為什麼牠只看我不看你？」翡翠用極輕的聲音問。

「在牠們的感知中，在下並不具備著生物機能。」斯利斐爾的音量沒有特意壓低，但果然沒有引來虹兔絲毫的注意力。

「明白，你就只是個一點屁用也沒有的背景板。」翡翠犀利地下了評論，維持與虹兔大眼瞪小眼的姿勢，手中的小兔子此刻變得異常燙手。

問：準備將被害兔剝皮放血烤來吃，卻被對方家長逮個正著的時候該怎麼辦？

翡翠腦海中還沒擬出一個答案，身體就先本能地採取行動——他迅雷不及掩耳地將昏迷幼兔往另一個方向扔出去。

只要虹兔轉移目標，就能爲自己爭取到逃走的時間！

兔子一離手，翡翠轉身就跑。

「虹兔接到自己的孩子了。」斯利斐爾一板一眼地進行實況轉播，「虹兔的怒氣值上升，虹兔陷入狂暴狀態，虹兔追上來了。」

即使沒有回過頭，翡翠也能從身後的激烈奔跑聲聽出虹兔正怒氣沖沖地緊追自己不放，隨後他又聽見一道奇異的聲響。

咕嚕咕嚕、咕嚕咕嚕。

他扭頭往後看，就見到虹兔的腮幫子一收一縮地鼓動著，咕嚕的聲音正是源自牠的嘴內。

「您知道牠爲什麼被稱爲虹兔嗎？」斯利斐爾忽然問道。

「爲什麼？」

「因爲牠的身上有彩虹。」

翡翠很快就知道那隻巨大棕兔子的身上是哪裡有彩虹了。

虹兔張開嘴巴，只聽到「嘔」的一聲，剎那間——

一道七色分明的彩虹瀑布從牠的嘴巴裡嘩啦嘩啦地吐了出來。

✣✣✣

今天開工大吉。

這是塔爾週報占卜專欄上，對於七月生日的人工作運勢的預測。

普利德心情愉快地將報紙疊起，在心裡自動替那則預測加上了一句話——是一個適合搶劫的好日子。

普利德是個山賊首領，同時他也是七月出生的。

山賊是他們的家族事業，從他的曾曾曾曾祖父那代開始，一路往下傳，如今在他老頭死後，終於傳到了他的手上。

爲了這一天的到來，他可是一直勤奮地鍛鍊身體。看著自己強健的體魄，結實的肌肉，他對自己的實力很有信心。

他天生就是一塊當山賊的料。

如今，就是證明自己實力的時候了。

看著自己的小弟一二三四號，普利德滿意地一揮手，「走囉，跟著大爺搶劫去！」

「喔喔！」四名年輕人情緒高昂地吆喝一聲，扛起自己的武器，壯志凌雲地跟著老大踏出他們位在拉瑞蘭山道的根據地。

拉瑞蘭山道是商旅常經之地，生長於此的林木是這方山區的特有種，樹幹粗大，枝條歪曲，葉片密集又茂盛，藏身在樹後便不易被發現。等到旅行者發覺有山賊埋伏，往往已是來不及。

而普利德他們家族歷來都是挑選看起來勢單力薄，還沒什麼油水可撈的普通商人當作目標。

理由很簡單，雖然單趟獲利少，但安全是有保障的，對方也頂多當自己倒楣，不會大張旗鼓地再回來報復。

至於那些身家豐厚的商隊多會自帶保鏢，或是聘請冒險獵人、獎金獵人來保護他們的貨物和人身安危。

與那些人硬碰硬地對上，可不是什麼聰明的行爲。

普利德家族流傳下來的祖訓就是審時度勢，要對自身的力量有著明確的自知之明。

小心謹慎才是長存之本。

這也就是爲什麼普利德家族明明只是一個弱小的山賊團，卻始終有辦法佔據在拉瑞蘭山道，至今未曾有人前來征討他們的原因。

朝自己的手下們打了一個手勢，普利德一夥很快隱匿好行蹤，耐心地等候獵物自動送上門。

今天晴空萬里、陽光金燦，林間還能不時聽到清脆的鳥鳴啾啾聲，無論怎麼看都是一個好天氣。

一個適合他們打劫的好天氣。

沒有等上太久，普利德和他的小弟們眼睛一亮，他們都聽見前方傳來了騷動聲。

「讚美眞神，讚美那位沒有名字的占卜師。」普利德低聲說，迅速往後比出手勢，讓所有人做好準備。

普利德蹲踞在樹上，屏氣凝神，專心等待聲音源頭的出現。

過了一會，就有兩道人影闖入了山賊們的視野之中。

一人個子較小，裹著一件暗色斗篷，遮住了大半面容，一時難以分辨性別。只知道沒有被衣物遮擋住的肌膚白得驚人，簡直像會在暗夜發光的白玉。

另一人則是高大挺拔，銀色短髮、褐色皮膚，臉上戴著一枚單眼鏡片。身上的服裝是筆挺、沒有縐痕的白襯衫加上黑色貼身背心，手上還戴著白手套，讓人聯想到有錢人家裡的執事。

普利德打量著奔入林中的兩人，心裡對他們的身分也有了猜想。

一個是年輕英俊的執事；一個看不清楚臉，但身形較像女性。加上那有如玉雪般的膚色，一看就不是尋常家庭能夠養出來的。

沒錯，眞相絕對是這一個——這是一對私奔的小情侶！

執事和大小姐互相愛慕，彼此間卻橫亙著身分懸殊的問題，遭受多方阻撓，最後只好相約逃離家族，爭取屬於自己的幸福。

普利德是個感情豐富的人，他暗暗爲這對情路坎坷的小情侶掬了一把同情之淚。

啊啊，真的太可憐了……無法被家人祝福也就算了，居然運氣差，還跑來了拉瑞蘭山道。看在他們待會就要被自己這方攔路搶劫的份上，他不介意當一回他們愛情的試金石，假如那個男的拋下女孩子就跑，那就表明對方壓根不是一個好對象。

做好決定後，普利德吹了一聲尖銳的口哨，哨音在樹影綽綽的森林中被襯托出一絲詭異感。

原本一路疾奔的兩人霎時生生停住了腳步，反射性地左右張望，想找出哨音是從哪個方向傳來。

普利德和他的部下們也不再隱藏身影，他們從藏身之處跳出，包圍住兩人，表情凶狠猙獰，手上長刀閃晃著危險的寒光。

「想保住小命走出拉瑞蘭山道，就乖乖把身上所有值錢東西都交出來！」普利德將刀尖直指著銀髮男人。在這麼近的距離下，他發現男人不是普通英俊，這讓長相和「平凡」、「大眾臉」等詞總脫離不了關係的他不禁心生嫉妒，「你要是敢反抗，就別怪老子先對那位嬌滴滴的小姐動手了！」

像是要證實話裡的可信度，普利德的恫嚇甫一落下，另外四把武器馬上就往斗篷人影的方向更加逼近。

「誰是小姐？」裹著斗篷的人伸手揭下兜帽，露出一張漂亮精緻的面孔。淡綠色髮絲猶如鳥羽散開，在末端褪成雪白，紫色的雙瞳就像剔透的水晶，左眼下有三點小小、形如水滴的青碧寶石鑲附其上。

五名山賊不由自主地抽了一口氣，那可是他們目前為止見過最好看的人了。

緊接著，山賊們又猛然發現面前的綠髮少女居然有著一雙不屬於人類的尖耳朵！

「妖、妖精!?」普利德震驚地喊出了一個法法依特大陸上眾人耳熟能詳的種族。眾所皆知，尖耳朵就是妖精族的最大特徵。

比起在意被誤認成妖精，翡翠更在意的是另一點，「如果你說的小姐，是指裙子底下有野獸的話，那麼我就的確是小姐了。」

「主人，這三天內您的裙子底下什麼也不會有。」斯利斐爾平淡地提醒，「還有，真的野獸過來了。」

尚未等普利德等人反應過來翡翠說的「野獸」是指什麼，斯利斐爾的話聲剛飄入空中，他們便聽到了一陣巨響，宛如雷鳴在林中轟隆隆砸下，甚至就連地面都跟著震動了幾下。

「什麼聲音？」

「是什麼東西要過來了！」

「老大！那那那……那是什麼啊！」

「眞神在上啊！」

山賊們這下也顧不得打劫翡翠和斯利斐爾，他們目瞪口呆地看著左側方，一道深色影子正像條閃電竄了進來。

隨著距離拉近，深影的樣貌也暴露在大夥面前。

那赫然是一隻比人還高的棕褐色巨兔。

牠邁動著四肢，粗壯有力的後腿蹬著大地，地面隨之又傳來一波晃震。那些橫擋在牠面前的枝葉被牠粗暴地撞開，樹枝一再斷裂砸下地的聲音，落在普利德他們耳中，彷彿是索命的魔音。

翡翠沒想到會再見到那隻吐彩虹的兔子，「我們不是甩開牠了？」

「您踩到了牠的彩虹。」斯利斐爾說，「有一小片黏在您的鞋底，虹兔會追著彩虹而來。」

「爲什麼你沒提醒我？」翡翠看了一眼自己鞋底，上面確實有一抹亮麗色彩。

「虹兔的彩虹一旦沾上，要三天才會脫落。」斯利斐爾的意思就是提醒了也沒用。

虹兔的速度沒有減慢，同時牠的腮幫子持續鼓動，像在咀嚼食物。然而當牠張開口，所有人就知道，牠不是在吃東西，是要噴東西了！

七彩炫麗的彩虹從牠口中嘩啦啦湧出，一落到地面就好似活物，瘋狂朝獵物襲去。

山賊們發出尖叫，他們知道拉瑞蘭山道有魔物棲息，可這還是他們頭一次正面撞上虹兔。

什麼肉都吃，包括人也吃的肉食性兔子！

「快逃！別被虹兔抓到！」普利德扯著嗓子吼，「避開那些彩虹，不要踩到！踩到就別想跑了，虹兔會追著你三天三夜不停歇！」

山賊們再也顧不得自己本來是要打劫另外兩人了，他們在一片混亂中四下逃竄，巴不得能馬上消失在虹兔的鎖定範圍內。

誰也不想沾上一丁點彩虹，然後註定接下來三天的悲慘命運。

☆傳說中，令精靈王食指大動、
鬆餅形態的斯利斐爾！
ふわふわ~
fuwa~
fuwa~~

翡翠也不想被鍥而不捨地追殺三天，但他餓得沒力氣跑了。

「我不能自殺，但被兔子吃掉，就算是不可避免的外力傷害了吧？」翡翠一臉冷靜地分析，彷彿即將迎接死亡的人不是他。

「關於虹兔的介紹，在下先前尚未說完。」斯利斐爾說道：「成年的虹兔除了會吐出彩虹外，牠的鮮美肉質也極受饕客推崇。」

「鮮美……肉質？」翡翠精神頓地一振，眼底更是重新亮起小簇火光。

「是的。」斯利斐爾沉穩的語調格外有說服力，「虹兔唯有兔腿能吃，其他部分含有毒素。適合加蒜和辣椒和些許香料與腿肉爆香，出鍋時香氣四溢，據說能飄到三條街以外。事實上，著名的虹兔料理便是『爆炒香兔』。但虹兔罕見，想要在一般餐廳吃到相當困難。雖說如此，但即使只是最普通的烤虹兔，美味程度同樣使人難忘。」

翡翠衡量一下，爆炒香兔以現在條件恐怕不好達成。不過烤兔子，隨便就地取材都能輕易完成。

決定了，今天的食物就是燒烤虹兔，誰都別想阻止他吃大餐！

但想是這麼想，先決條件還是要有辦法擊倒虹兔。

讓翡翠快狠準地偷襲普通大小的動物還行，這隻比人高的成年虹兔，恐怕自己手無寸鐵地上前，還是給兔子免費加餐了。

要是這時候被吃掉，那兔肉大餐就想都別想了。

翡翠頓時腎上腺素爆發，本來兩隻想在原地生根的腳立即拔起就跑。

讓人慶幸的是，精靈的身體輕盈又敏捷，奔跑起來更是飛快，讓翡翠幾個跨步就脫出被虹兔攻擊的危險範圍。

秉持著精靈王在哪，自己就得跟到哪的原則，斯利斐爾的腳步也沒有落下。

「斯利斐爾，你能攻擊那隻兔子嗎？」

「不行。」

「爲什麼不行？你不是眞神代理人嗎？」

「理由很複雜，在下不建議您還在這時候聽我講解。總之，在下以人形或原形出現在法法依特大陸上的時候，是無法對人事物造成影響的。」

「那你能做什麼？」

「在下能陪您踏上旅程、陪您吃飯、陪您逃跑、陪您說話。」

「還眞的是一塊派不上用場的人形背景板呢。」

翡翠面上微笑，心裡想打人。既然求助外援失敗，看樣子還是只能靠自己。

「你說過精靈天生擅長魔法吧？」翡翠試著想像魔法技能，但別說放個小火苗了，連火星都沒冒出一點，「爲什麼我沒辦法用？這是詐騙，騙子都會沒丁丁的。」

「丁丁是什麼？」斯利斐爾求知欲旺盛。

「喔，直白地說就是雞雞，男人的寶貝，也可以說是我裙子裡的野獸。」翡翠很樂意解惑，更樂意一腳往騙人的傢伙身上踹。

斯利斐爾靈巧地避閃，「在下不是眞正人類，有或沒有都能隨在下意念生成。大小自然也能改變，就算要變複數以上也沒有問題。」

「正常人才不聊這話題，你這變態。」翡翠立刻冷漠地切割，拒絕承認自己有種輸了的感覺，「快點給我有用的意見。魔法呢？我的魔法在哪裡？」

「您必須要理解一件事，您不可能強行要求一個連翻身都不會的小嬰兒，突然就會飛了。」斯利斐爾語重心長地說。

眼角覷見彩虹如蛇追來，即將纏上翡翠腳踝，他長臂一伸，把人往自己這方拉了過來，讓虹兔的偷襲只能落空。

翡翠腦筋動得飛快，「你這傢伙，是說我現在的力量狀態還是小嬰兒嗎？」

「不。」斯利斐爾嚴肅否認，「您太看得起自己了，您還只是受精卵而已。」

翡翠吐出一口氣，這次是真的一腳狠狠踹上了斯利斐爾的小腿肚。反正對方在魔物眼中只是塊背景板，就算絆倒也不會被虹兔吃掉。

遭到踹擊的斯利斐爾神色未變，連眉毛也沒挑動一下，「您要聽我的意見嗎？」

「說！」

「您得先吃飽才有力氣，有力氣才能稍稍稍稍微使用魔法。」

「哇，我謝謝你那麼強調那個『稍』字。」

「然後，由於您還處於受精卵的狀態，所以必須由在下來幫忙操控力量的使用。在下會打開您的魔力槽，讓轉換過的魔力運轉……」

「講人話。」

「由在下進入您的意識，使用您的身體，才有辦法精準地使出魔法。」

翡翠聽懂了。縱使他心中百般個不願意，但非常時刻，他也只能接受斯利斐爾說的非常手段。

但有一個大問題。

「我怎麼吃飽？我想吃的東西還在後面追殺我。」翡翠扭頭看了一眼那隻似乎誓死不罷休的巨兔。

「您忘了嗎？在下已經給過您今天的糧食。」

「那你肯定失智還失憶，你明明只給我……」翡翠頓了一下，語帶驚喜，「意思是那三顆蛋我能吃了？天啊，斯利斐爾，我不說你失智還失憶了。」

「您都說了，還說了兩遍。」斯利斐爾冷笑，「您就算餓死也不能吃掉您的子民。啊，別擔心，您的身體不會讓您自己選擇死亡的，您也不用再花費您那無用的腦細胞思考了。在下給您的那一袋晶幣，就是您的食物。」

「聽你扯蛋，那明明是我買食物的錢。」

「在下一開始就說得很清楚，這是您今天的食物。」

翡翠腦內跑了一遍稍早前的對話，發現他見鬼地還眞沒說錯，連那冷冰冰的語氣都重現得絲毫不差。

靠，認眞的嗎？精靈居然有辦法吃錢？翡翠一臉難以言喻地看著自己的錢袋，再想想虹兔的美味程度。他吞吞口水，義無反顧地將一袋錢幣嘩啦啦地全往自己口中倒。

吃起來比想像的，還要……難吃！

翡翠必須要用驚歎號才能如實表達他的感受。又硬又脆，還有苦瓜跟青草味，要是讓他一輩子只能吃這個……

他寧願先去找個人來殺掉自己。

卡滋卡滋地把晶幣全嚼碎，再吞入肚子，翡翠抬眼看向斯利斐爾，「勉強讓你當日租房客了。」

斯利斐爾眼底閃過一串詭異光符，下一秒整個人消失無蹤。

碰巧回頭查探後方動靜的普利德目睹這一幕，他瞠目結舌，不敢相信一個大活人竟然就這麼平空消失了！

「那麼，在下就不客氣了。」充滿禁慾感的男聲在翡翠腦海內響起。

翡翠實在不喜歡腦袋裡有人直接說話的感覺，他還來不及抱怨，就覺得全身的支配權瞬間遭到轉移。

他的一切都由另一個存在開始使用。

綠髮青年的瞳孔邊緣霎時染上一圈紅。

「魔力槽開啓，確認。魔法使用，確認。」冰冷的嗓音盪出一圈淡淡漣漪。

那是一種難以言喻的奇妙感覺。

翡翠還能感覺到自己，但從他嘴裡吐出的聲音，身體的活動，卻都是屬於另一個人的控制。

他看見自己轉身停步，面對衝來的巨大虹兔，他抬起雙手，手指交握，兩隻食指貼併一起，做出一個猶如子彈發射的手勢。

他可以感受到空氣裡傳來猛烈的震動，無數光點粒子急速匯聚，融入他的皮膚裡，沁涼感擴散至全身。

虹兔張開嘴巴，鑽頭似的門牙就要自頂端戳下。

翡翠聽見自己平淡地說：

「風之刃。」

食指前端猝地迸射出淡綠色的氣流，如同一把最鋒利的大刀，勢如破竹地往前直衝，筆直沒入虹兔眉心、脖子、軀體，在牠的身體中央留下一道細細的紅線。

這一切發生得太快，普利德和他的部下們還沒意會到究竟發生什麼事，虹兔僵住了身子，旋即身上出現變化。

大量鮮血冷不防噴濺，虹兔整整齊齊地從中間裂成兩半，左右兩邊身體朝著不同方向倒下。

更多紅血淌出，一下子便染紅旁邊的草葉和土壤……

普利德的眼睛瞪得快要超出極限，假如有旁人見了，恐怕會忍不住拿著碗在下面接，深怕兩顆眼珠子從裡頭掉出來。

他和翡翠距離最近，足以清楚聽見對方的說話聲。而從對方開始使用魔法到結束，他只聽見了三個字。

那名綠頭髮的妖精，居然沒有喃誦任何咒語就使出了魔法。

不可能的吧……就算妖精的確是親元素體質，可也從未聽說過能不唸咒語，就召出魔法的。

「老子剛剛……沒眼花吧？」普利德僵硬地扭過脖子，看著他的一票部下。

他的小弟一二三四號，四個人的臉色都白得像隨時會昏過去。

他們雖然不曉得綠髮妖精沒有喃唸咒語，但對方一眨眼就俐落斬殺虹兔的畫面深深震撼了他們，甚至令他們產生了心靈陰影。

具體表現就是，他們現在恨不得用最快速度消失在綠髮妖精的面前，免得自己的下場就和那隻變成兩半的大兔子一模一樣。

彷彿聽見山賊們驚懼的心聲，翡翠無預警地往後一望，那雙鑲著一圈暗紅的紫色眼睛釘住了本想拔腿就逃的一眾男人。

普利德努力控制臉上的表情，不讓自己顯得太過怯懦，但顫抖的雙腿卻已洩露出他真正的心情。

不只他一個人，他身後的部下們也都是差不多情況，雙腿有志一同地抖抖抖。

翡翠沒再多看如今就像一群鵪鶉的山賊們，他閉起眼，再睜開時，瞳孔邊緣的暗紅不再，恢復了清透的紫晶色澤。

斯利斐爾重新站在他的身旁。

普利德等人的臉上無疑寫著「見鬼了」三個大字。

普利德還狠狠捏了一把臉頰，疼痛感明明白白地告訴他，他先前見到的都不是眼花產生的幻覺。

那個活像是貴族家執事的銀髮男人，真的是消失又出現。他究竟是跑到哪裡去？又做了些什麼？

他……真的是人類嗎？

普利德不敢深思下去，他是個懂得審時度勢的山賊，也懂得知道太多祕密反而容易讓自己身陷險境的道理。

「大、大人！」他二話不說地改了稱呼，雖說還是結巴又戰戰兢兢的，但絕對不會讓人忽視話裡滿滿的尊敬之意，「不知道有什麼地方，是小的們能幫得上忙的？」

翡翠嫣然一笑，「不錯，我最喜歡識時務的傢伙了。斯利斐爾，你記得多學學。」

「在下身邊有個反面教材，在下學不來也是理所當然的事。」斯利斐爾的視線掃過了山賊們，他一向喜歡物盡其用，「你們，去將虹兔的大腿肉割下來，皮記得剝乾淨，然後生火。」

「請問要做什麼？」普利德小心翼翼地詢問。

斯利斐爾看他們的眼神像看一群智障，「當然是烤來吃。」

那記眼神太過冷酷，普利德等人一個哆嗦，不敢再多問，馬上用最快速度將對方交代的事做好。

火生起來了，兔腿肉被切成肉片，串掛在火堆上面烤。

做完這些事的山賊們則被斯利斐爾綁成一串，可憐兮兮地聞著肉香，卻嚐不到他們辛辛苦苦準備好的食物。

隨著兔肉表面轉成美麗的焦糖色，濃郁強烈的香氣也漸漸散出，霸道地入侵每個人的鼻腔內；油脂從肉中滲溢，一滴滴落至火堆，加強火勢，不時還能聽到火星劈啪響。

虹兔肉的美味和稀少是連普利德他們都聽聞過的，他們被勾得飢腸轆轆，口水無法抑制地狂冒，喉頭不停上下滾動著。

尤其當翡翠拿起肉片、咬下一大口，那美麗的、泛著油光的蜜褐色切面，讓他們更是覺得痛苦難耐，恨不得能以身代之，由自己來負責咬下那一口。

斯利斐爾無須進食，他來到虹兔屍體前，從血肉裡挖出了一顆表面泛著流光，連點血漬都沒沾上的奇特石頭。

「那是什麼？」翡翠眼尖地看見，他吃得滿嘴油光，卻一點也沒有減損他的美貌。

「魔物的晶核，又稱爲魔晶石。」斯利斐爾收起晶核，「有這個就能證明自己殺了魔物，還能把這拿去冒險公會換錢。」

「原來如此。」翡翠斜睨斯利斐爾一眼。那一眼的意思是——不是把這世界的基本知識都灌輸給我了嗎？

「基本的意思就是三歲小孩都知道的部分。」斯利斐爾臉不紅、氣不喘地解釋。

普利德聽不懂那兩人在打什麼啞謎，不過這可以讓他更加肯定，那就是一位不知世事、還很凶殘的妖精族大小姐。

噢，還有跟自己的執事私奔了。

假如不是不知世事，又怎麼會連魔物體內有晶核都不曾聽說過？這可是五歲小孩都知道的啊！

翡翠不想理會斯利斐爾，繼續全心全意地投入吃飯大業中。

虹兔肉質鮮美，油脂豐富卻又不會讓人過膩。一咬下去，滿口便是濃馥的肉汁，肉片則宛若要融化在嘴裡一般，不用多費力氣就能吞嚥下去。

然而如此的美味，卻讓翡翠眉頭越鎖越緊，臉上神情也越來越陰鬱。

因爲他發現，明明他的胃已經撐了，再吃下去就會承受不了，可是他的心靈就是沒有感到眞正的飽。

就好像他吃下去的只是一堆應急乾糧，無法產生讓人幸福的饜足。

「這是怎麼回事？」翡翠將最後一口肉用力撕咬下來，雙眼緊盯著斯利斐爾，就像把對方當成了自己嘴裡的那塊肉，「爲什麼我不覺得我吃飽了？」

「因爲您現在吃的不是精靈族的主食。」斯利斐爾說道，音量只有雙方聽見。

翡翠沒忽視這個關鍵字。他來到法法依特大陸上才一小段時間，唯二吃的也就是晶幣和虹兔肉。

一道不妙的預感像雷擊中了他。

「你別跟我說……」

「很遺憾，在下還是得說。」

翡翠發誓自己從斯利斐爾沒有人氣的嗓音裡，聽出了一絲幸災樂禍的意味。

「您的主食是晶幣，無論您吃再多的東西，就只有晶幣能帶給您眞正的飽足感。對了，您的子民也是，等他們誕生之後，也需要您好好地餵食他們晶幣。」

翡翠只有一句話想送給斯利斐爾和羅謝眞神。

草、泥、馬、的、祖、宗、十、八、代——

突然被告知要吃錢才會飽，還是價值最高的晶幣才行，而自己身上僅有的一袋晶幣已經被吃光殆盡了……

翡翠想想自己的食量，再想想未來三隻幼崽可能的食量，悚然地發現到自己陷入精靈生的——大、危、機！

他不禁開始合理地懷疑起來，精靈族會滅亡，該不會是沒錢吃才導致集體餓死的？

但不管精靈族滅絕的眞相爲何，翡翠只知道，要是再不多賺錢，迎接他的將是黑白的未來。

如果三天期限到了，世界末日還沒正式降臨的話。

那麼第一個問題來了，什麼工作能最快速地賺到錢？而且還是很多很多的錢。

翡翠若有所思的眼神落在了被綁成粽子串的山賊們身上。

那深沉的模樣，看得普利德一陣心驚膽跳，深怕對方漂亮的嘴唇下一秒會吐出「風之刃」三個字，讓他們步上虹兔的後塵。

翡翠不打算把山賊們劈成兩半，一來那魔法不能算是他使出的，二來是他還想跟這些世界本土住民打探消息。

「做什麼事能最快賺到錢？」翡翠問道：「不須花什麼成本就能賺到晶幣的那種。」

「搶……搶有錢人吧？」普利德戰戰兢兢地提供建議。

「不，搶劫是犯法的。」翡翠直截了當地否決，即使他不久前還自認原本該是名殺手，「換個方法。」

普利德和他的部下們欲哭無淚，要是有那種賺錢方式，他們還來當山賊幹嘛？

「快想，想不出來的後果自行想像。」翡翠面無表情的樣子有點嚇人。

見識過對方宰掉虹兔的手段後，普利德等人瞬間腦補了一百零八種酷刑小劇場。他們蒼白著臉，拚命地絞盡腦汁，就怕眞的成爲小劇場中的主角。

就在翡翠站了起來、像是失去耐心的一瞬間，普利德的小弟三號尖銳地喊出聲。

「我想起來了！勇者！是勇者！當上勇者的話，每年只要做一件指定任務，就能一輩子有薪水可以拿！」

「對對對，就是勇者！我還聽說那薪水累積下來，多到可以買下一個王國了！」

翡翠眼睛都亮了，爲求保證，他看向斯利斐爾。

那傢伙是眞神代理人，肯定是無所不知，無所不曉吧？

「在下不清楚。」斯利斐爾看穿翡翠的心思，「您會知道您體內寄生……細胞的活動狀態嗎？」

翡翠斜眼睨著斯利斐爾，他敢用虹兔的大腿肉打賭，這傢伙剛想說的是寄生蟲吧。

不過這種失禮的比喻，倒是很合理地解釋了斯利斐爾爲何對法法依特大陸並不是事事都了解。

「那要怎樣才能成爲勇者？」翡翠求知欲極強地問道：「宰掉一百個山賊團就有機

會嗎？」

「沒有沒有，絕對沒有！」山賊們求生欲極強地瘋狂搖頭，「得先成爲冒險獵人才行！」

冒險獵人。

翡翠對這個名詞就有印象了，看樣子這是一個連三歲小朋友都知道的有名職業。

所謂的冒險獵人，講直白一點，就是隸屬於冒險公會旗下，專門幫忙解決他人問題的人。

而冒險公會就是委託人和獵人之間的仲介人，負責過濾那些委託是否有違背公平正義的原則，再將任務發布出去，讓冒險獵人去執行任務。

附帶一提，冒險獵人還是大陸上受歡迎職業排行榜的第一名，百年來屹立不搖。

「成爲冒險獵人之後呢？」翡翠繼續問道：「就能成爲勇者了嗎？」

「當然不是。那麼簡單的話，我們早就去考了，誰不想要一個錢多事少還離家近的工作啊！」普利德大叫，「就算我是繼承家業才成爲山賊，但哪個小男生心裡沒有一個勇者夢！」

「然而我們連最基本的考試都過不了……」小弟二號傷心欲絕地說，「還有老大，你早在二十年前就不是小男生了。」

「你閉嘴，不准說話！」普利德惱羞成怒地吼，一轉頭對上翡翠，又換上了討好的表情，「大人，聽說要成為勇者，要先有大貢獻才可以。例如第一代勇者，就是消滅了一個惡名昭彰、實力足以顛覆國家的暗殺集團。」

「我讓眞神代理人親身降臨這個世界，也算是大貢獻嗎？」翡翠壓低音量，認眞地問著斯利斐爾，「把你送到那什麼教團的話，那些教士肯定會高興到瘋吧？」

「您還把那位代理人給吃了兩遍。」斯利斐爾冷冰冰地提醒，「您想順便讓那些教士知道這項事實嗎？」

那他大概就會被以大不敬之罪處以火刑了吧。翡翠果斷地放棄這個念頭，既然計畫A不行，就改計畫B。

總之就是，先成為冒險獵人再說！

「最近的冒險公會是哪裡？」翡翠打斷了爭執中的山賊們。

「塔……」普利德一個激靈，「塔爾！離這裡只要兩天路程！」

只有三天時間的翡翠沉默半晌，「快一點的話呢？」

「呃……假如照您方才跑給虹兔追的速度，應該……」普利德小心翼翼地說，「不到半天就能到塔爾市了。」

「半天嗎？還行。」翡翠忽地彎起嘴角，綻放出比花還嬌美的微笑。

但普利德他們只覺寒毛直豎，眼看翡翠一步步朝他們逼近，他們的一顆心不由得提至了嗓子口。

「妳要幹嘛？妳想對弱小又無助的我們做什麼？」

「不不不……快住手！」

「救命、救命！」

「不要啊——」

☆翡翠的愛包！
每個王者都需要一個限量包！

第3章

這一天，山賊們的慘叫在拉瑞蘭山道上迴繞不止。甚至被路過的人們誤以爲有魔物出沒，連忙繞道改向，免得碰上危險。

而造成這一切誤會的兩位罪魁禍首早就跑得遠遠，來到了他們的目的地，塔爾市。

「您對他們做了可怕的事。」斯利斐爾平鋪直述地說，「您把他們倒吊在樹上，還綁成奇怪的姿勢。」

「我的腦子深處有個聲音告訴我，做這樣的事能夠抒發壓力。事實證明，我現在愉快多了。」翡翠笑盈盈地說。

因爲種族的關係，他的外貌本就格外惹眼，此時他再露出笑容，立刻引來周圍更多的注意力。

假如不是斯利斐爾存在感夠強烈，氣勢又冷峻，恐怕就會有許多男性想要上前搭訕這名纖細漂亮的綠髮少女。

當然，這些被美貌吸引的男人不會知道，他們想搭訕的少女其實裙下藏著野獸。

翡翠對投來的目光習以爲常，他覺得自己在前世一定也是個備受注目的美少年……男子。失憶就是這點麻煩，連自己確切年紀都無從知曉。

「走吧，我們該去做正事了。」他可沒忘記首要任務，「先找個地方大吃一頓。」

「在下必須提醒您，您不久前才吃了兩條烤虹兔腿。還有……」斯利斐爾說出另一項更嚴酷的事實，「您沒錢了。」

翡翠只好扼腕地收回前往餐館的腳步，身上僅有的一袋晶幣在拉瑞蘭山道上就被自己全部吃光了。

「早知道應該留下幾枚的。」他惆悵地說，改往另一邊人多的方向走。

人多就代表著消息流通度高，在那邊肯定能問到塔爾分部的位置。

比起山上的涼爽，市裡氣溫顯得有些悶熱，翡翠抬手搧搧風，想把斗篷兜帽拉下，卻被斯利斐爾阻止。

「您的耳朵太顯眼，雖然大眾普遍會錯認爲是妖精族，畢竟精靈是傳說中的種族，但還是可能引來不必要的麻煩。」

「怎樣的麻煩？」

「被搭訕，被很多無聊的雄性人類搭訕。您要知道一件事，女妖精在法法依特大陸上，是最想追求對象的第一名。」

「哇喔，聽起來一點都無法讓人高興起來。」

不論生理、心理都是性別男，翡翠對同性的搭訕毫無興趣。他打消拉下兜帽的念頭，在帽簷陰影下觀察著他重生至法法依特大陸以來，第一次所接觸到的異世界城市。

從外觀看，充滿著濃濃的中古歐洲風格。路面鋪設著整齊的青石板，適合人及馬車行走。旁邊的建築物帶著搶眼的色彩，大多是兩、三層樓高，小陽台上栽種著茂密的花葉植物，看起來花團錦簇，又散發著濃濃的生命力。

道路一側設立著筆直路燈，燈罩裡置放著打磨過的日核礦。在白日吸收大量日光，等天色暗下便會自動亮起，成了以翡翠這現代人看來極為環保的能源燈光。

另一側則是架起了色彩鮮艷的棚架，各類商品陳列在木箱或地毯上，攤販在自己的攤位上熱情地朝著來往行人們吆喝。

假如往路邊更加走近，就會發現塔爾市還配置了排水系統。排水溝沿著道路一路分布，有如一張不顯眼的蜘蛛網盤踞在市內各處。

除此之外，翡翠還注意到市裡充斥著大量花飾，紮綁得艷麗的花朵出現在眼所能及的地方，爲這座本就美麗的城市更添夢幻風情。

感覺……像是在辦什麼活動？翡翠的疑惑很快獲得了解答。

「大姊姊，這個送妳。」一個小巧的花籃猛地遞到了翡翠眼前，捧著花籃的是名臉蛋圓圓的小女孩，她笑得眉眼彎彎，酒窩像盛入了蜜糖。

如果不是斯利斐爾猛地拽住翡翠，他說不定就要遵照本心，彎下身去舔看看了。

「您是王。」斯利斐爾顧不得翡翠之前的警告，直接讓聲音在對方腦內響起，「不是個變態。」

「我哪是變態？」翡翠學習力很強，馬上就懂得也用意識在腦中與人交流，「你沒腦袋所以連基本禮貌都沒有了嗎？不准隨便在我腦袋裡說話。」

「在下旁邊就是一個特大號的反面教材，您不能強求在下可以學到什麼。」斯利斐爾就算是諷刺，語氣還是彬彬有禮。

「大姊姊？」沒得到回應的小女孩傷心得垮下臉，似乎下一秒就會哭出來，「妳不喜歡花嗎？」

「我很喜歡。」認爲小孩子一哭起來都像恐怖作響的警報器，翡翠連忙伸手接過那個可愛的小花籃，「謝謝妳啊，不過妳爲什麼要送我花呢？」

「因爲姊姊妳漂亮啊。」小女孩理所當然地說，「在星花祭的時候，大家都會送花給自己喜歡的人，或是漂亮的人。啊，姊姊妳是外地來的吧，怪不得不知道。」

「原來如此，謝謝妳的花，非常好看。」翡翠不吝惜地綻放笑容。

小女孩被迷得捧著雙頰，小臉泛紅，眼裡閃著痴迷的目光。

「我想問妳一件事，妳知道冒險公會塔爾分部要怎麼走嗎？」

「塔爾分部？知道知道，就是先往那邊，然後左邊左邊、右邊、直走、拐三個路口、再直走，再沿著掛有小鳥鐵牌的路燈往前，再巴啦巴啦、巴啦巴啦……就到啦！」

翡翠完全有聽沒有懂，他轉頭看向斯利斐爾，「你記下了嗎？」

「您沒要在下記。」換句話說斯利斐爾連聽都沒仔細聽。

「大姊姊，這樣妳知道怎麼去了嗎？」小女孩眼中閃閃發光，很期待自己有幫上翡翠的忙。

翡翠不好意思打擊小女生的自信和好心，只好含糊地點個頭，捧著小花籃，決定先往他唯一記得的方向走。

「大姊姊，等一下！」小女孩忽然叭噠叭噠地從後追上來，「星花祭收到的花，有的裡面會有驚喜喔。妳收到很多花的話，記得要檢查一下！」

「驚喜？」

「對呀，有的花會綁上優惠券。偷偷跟妳說……」小女孩踮高腳尖，對他說起悄悄話，「像我送的，就有一張小兔兔蛋糕店的買一送一券呢。」

買一送一，這是一個多麼令人心動的字眼。

然而如今的翡翠連買一都做不到，沒錢眞的是逼死一名精靈。

「斯利斐爾，你說我現在把帽子拉下會不會比較好？」

「在您想趁機大賺優惠券之前，在下建議您還是快點找到塔爾分部，時間所剩不多了。」

翡翠低頭看了手中的小花籃，小女孩嬌憨的笑臉浮現在腦海。假如三天內他沒有順利完成第一項任務，換取更多的時間，那麼那張笑臉也將永遠不復存在。

「我不是殺手嗎？殺手該冷酷無情的。」翡翠自言自語地說。

斯利斐爾很想剖開這名新晉精靈王的腦袋，「您到底對自己有什麼誤會？在下雖然不曉得您在原世界的身分，但在下認爲，比起殺手，您腦子有毛病的機率更高。」

「連變出眞身都沒勇氣的傢伙還是閉嘴吧。」翡翠溫柔地一笑。

斯利斐爾堅決不上這個激將法的當。他又不是傻了，變出眞身再被吃一次嗎？

「嘖。」見斯利斐爾沒反應，翡翠迅速變臉，捧著小花籃快步往前走。

沒走多遠，冷不防被一道身影攔下。

不對，嚴格說起來是兩道。只是另一道躲在同伴之後，視線也盯著腳尖，看起來不喜與人對視。

「妳好。」攔下翡翠的是名白髮少年，他笑得甜美親切，眼珠是銀白色，身上穿的服裝搭配卻是對比的黑，唯有少部分呈現雪白。

躲在白髮少年後方的黑髮少年和他正好相反，黑髮黑眼，穿著一身的白，不過小配件及飾品，則是撞色的黑色調。

而其中最引人注目的，是他們如出一轍的面孔。

長得一模一樣，可氣質迥異的兩人站在一塊，倘若說一人明亮如白晝，那另一人就是陰鬱宛如黑夜。

翡翠還是頭一次看見髮色、眼色都截然不同的雙胞胎。

白髮少年笑容滿面地舉起他手上的花籃，「我們想要送妳花，星花祭的一個傳統，希望妳能收下。」

黑髮少年在後方內向地點點頭，雙眼還是沒有抬起。

假如剛才沒有先碰上那名小女孩，翡翠是不會收下這兩人送的花的。他對男人又沒有興趣，收到來自同性的花朵更是讓人開心不起來。

不過看在可能有優惠券的份上，他勾起笑意，「謝謝你們。對了，可以請問冒險公會塔爾分部該怎麼走嗎？」

黑髮少年忽地走上前，拊在白髮少年耳邊低語，音量低得即便是聽覺敏銳的精靈族都無法聽聞。

翡翠只能瞧見黑髮少年缺乏血色的嘴唇張張闔闔，卻無從得知對方的說話內容。

「嗯嗯，我明白了。」白髮少年像在回應著同伴，不久後望向翡翠二人，「去塔爾分部有條捷徑能走，可以省下相當多的時間。」

「那眞是太好了。」翡翠現在最需要的就是節省時間，「可以拜託你們告訴我們該怎麼走嗎？」

黑髮少年又對著白髮少年拊耳說話。

等他說完，白髮少年才對翡翠開口，「只要順著薔薇花走就可以。雖然可能會碰上一些不是特別寬敞的路，但眞的能早一點抵達塔爾分部。」

「薔薇花？」翡翠聞言東張西望。放眼望去，到處都是繽紛的花朵，要從這些大量花飾裡找出薔薇，明顯不是一件簡單的事。

「不是上面。」白髮少年笑笑地說，「要從下面找喔。妳看，那邊不就是兩朵薔薇了嗎。」

順著那根伸出的手指往前一看，翡翠還眞瞧見被緞帶綁在一起的兩朵薔薇花。一朵漆黑，一朵雪白，對比的色彩卻又透著一股和諧。

黑髮少年再次耳語，聲音只有白髮少年能聽見。

「好的，我會如實轉告他們的。」白髮少年摸摸黑髮少年的頭，像在做著承諾，接著那雙淡銀眼睛含笑地正視著翡翠二人，「美麗的少女啊，你們只要依循著黑白薔薇的指示前進即可，相信你們很快就能找到塔爾分部。到時候，我們贈送的花說不定就能派上用場了。」

「等到了，再開。」低得像隨時會被氣流吹散的聲音冷不防響起，黑髮少年終於第一次對翡翠他們開口，只不過那雙墨色眼睛仍舊盯著自己的腳尖處。

翡翠向兩人道過謝，開始留意著地上的薔薇花。

整齊綁在一起，乍看下宛若並蒂花的黑白薔薇，莫名讓翡翠聯想到那兩名透著些許古怪的少年。

「他們說到了塔爾分部再打開……打開什麼？花嗎？」翡翠困惑地看著花籃，緊接著發現到，籃內的花原來不是真花，竟然是一朵朵以紙摺疊成的假花，「假的？那豈不是連吃的可能性都沒了……」

「您一定要三句不離吃的嗎？」

「我可以改成一句都不離吃。例如斯利斐爾你的皮膚看起來好好吃，像烤過的焦糖呢，可以撒點巧克力片在上面嗎？」

「在下收回剛剛的話，請您務必維持原樣就好，千萬別做任何改變。」

輕鬆擊敗斯利斐爾，翡翠換得了片刻安靜，把心力都放在尋找黑白薔薇上。

等到第八束薔薇出現，同時撞進翡翠視野中的，還有一棟氣勢磅礡的高聳建築物。

紫晶眸子登時睜大，驚訝的情緒躍然於上。

那是一座全然漆黑、上窄下寬的尖塔。

佔地廣袤，高度幾乎能遮雲蔽日，偌大的陰影籠罩下來，猶如俯視著來到它面前的渺小人類。

不論是屋頂、牆面、大門、甚至連帶門外的台前階梯，全部都是以單一的黝黑建材建造而成，在陽光底下散發出凜然而剛硬的光輝。

翡翠腦中自動閃現了一句話。

塔爾分部，又稱「南之黑塔」。

座落於塔爾市的冒險公會分部，又被稱爲塔爾分部。可以說是全塔爾地區最引人注目的建築物，即使說是代表性的地標也不爲過。

包含著總部與四個分部，在法法依特南大陸一共擁有五個據點的南方冒險公會，皆是以漆黑尖塔的姿態矗立在各地，強勢莊嚴地宣示著自己的存在。

看著那扇黝黑緊閉的大門，雙胞胎少年的話語倏地在翡翠腦海中浮現。

「相信你們很快就能找到塔爾分部，到時候，我們贈送的花說不定就能派上用場了。」

「等到了，再開。」

翡翠低頭看看花籃中的那一捧紙花，好奇心驅使他有了動作。

他和斯利斐爾兩人直接蹲在塔爾分部前，開始你負責一半，我負責另一半地將紙花一朵朵拆開。

一拆才發現，每一張紙條居然都是優惠券。

而且全都是來自於塔爾分部。

冒險獵人測驗費八折優惠券。

塔爾分部特有紀念品買一送一券。

紀念品第二項七折優惠券。

紀念品買大送小券。

……諸如此類的。

翡翠從這些優惠券中嗅到濃濃的推銷意味，塔爾分部究竟是多想讓人購買他們的紀念品？

就是不知道……塔爾分部的特有紀念品能不能吃了。

「等等，冒險公會今天應該不會休假吧？」翡翠踏上黑石階的步伐頓了一下，憶起今日是星花祭。

一般而言，祭典便是休假日，他可不想白跑一趟。

「不。」斯利斐爾否定這個可能性，「今天是錫伍日，公會每六天會有一個公休日，他們後天才會休息，不對外營業。」

翡翠一顆心頓時安放下來。

法法依特大陸的錫伍日，就等同於現代的禮拜五。金壹日則是禮拜一，銀貳日是禮拜二，銅參日是禮拜三，鐵肆日是禮拜四，星陸日是禮拜六，月柒日是禮拜天，換算起來相當方便，也不易讓翡翠搞混。

他一步步拾階而上，來到泛著凜冽光輝的黑門之前，伸手往前用力一推，大門順勢開啓。

出現在翡翠和斯利斐爾面前的，是一大堆白色。

無數的白色鮮花，一層層垂墜至地面的白色紗幔，披覆在桌椅上的白色布巾……

還有，白色的骷髏們。

如果說，第一眼見到這一片白會讓人誤以爲闖入靈堂……

那麼第二眼見到一群會活動的骷髏，恐怕就要令人懷疑自己是不是身處地獄之中。

「冒險公會都是……這種風格的嗎？」翡翠大開眼界。

「在下不清楚。」面對著一群除了沒有皮肉包覆，活動起來和常人無異的骷髏，斯利斐爾面不改色，「您不能強求在下對體內寄……細胞的動態都感知得一清二楚。」

翡翠斜睨一眼過去。別以爲他就聽不出來，斯利斐爾的眞心話是寄生蟲。這個號稱眞神代理人的傢伙，就某方面來說，對世界萬物的態度顯得很不友善啊。

「我在你眼中也算細胞嗎？」翡翠才不會自降身價，把自己比擬成寄生蟲。

「對在下而言，您比單純的細胞要高上太多等級了。如果要舉例的話，您的地位就好比是您原來世界的癌細胞，在下不敢要，也要不起。」斯利斐爾委婉地表達了翡翠在他心目中的可怕殺傷力。

大門被推開的動靜早就引來了骷髏群的注意力，它們紛紛扭過自己蒼白的頭骨，凹深的眼窩像兩個黑漆漆的窟窿，盯著人的時候讓人不由得心裡發怵。

骷髏們默不作聲，像被按下了靜止鍵，停下手邊工作，一個個靜立原地，就等著進來的綠髮少女和她身旁的銀髮男人發出尖叫。

這已經是塔爾分部錫伍日的慣有日常。

出乎眾骷髏意料之外，綠髮少女和銀髮男人表現出的反應全然不在它們預想之中。他們先是旁若無骷髏地低聲交談，那音量輕微得只有他們彼此能聽見。接著便坦然地往內走進，眼神平淡地轉了一圈又移向其他地方，就好像它們這些骷髏不過是室內裝飾品罷了。

這可引起一部分骷髏的好奇，立刻就有一名骷髏迎了上去。

斯利斐爾反射性地擋在翡翠前方。他沒有做出明顯的防備姿勢，可卻是滴水不漏地將每一角度都防護住了。

那名骷髏趕緊舉起雙手，上下頷骨張開，帶動牙齒卡卡震動，「別擔心，我沒有惡意，也不是想叫這位漂亮小姐死後加入我們……」

「笨啊！」另一名別著一朵白花的骷髏推開同伴，它的聲音較為尖細，像是女孩子，「你連人話都不會好好說嗎？」

被推的骷髏委屈極了，「我都死透了，早就不是人了啊！」

這裡的骷髏們吵得不可開交，可一邊還有另一群骷髏們沉默地在做自己的工作。

翡翠趁機繞了出來，撥開層層白幔，往安靜的骷髏那邊走過去。

雖說有白幔擋住視野，但還是大致看得出塔爾分部內劃分了幾個區域。

最靠近大門的是等待區，擺放著好幾排椅子。再往前一點有個長櫃台，立著「新人解惑區」的牌子。繼續往內走，才是公會真正的辦公區域。

只不過屬於公會負責人的三張座位上，都不見人影。

整座塔爾分部似乎就只剩下骷髏而已。

骨架高大雪白的骷髏們一看就是精心挑選過，翡翠猜測，這些可能是骷髏界的美男子吧。其中也有夾雜幾具嬌小點的骷髏，估計是骷髏界的美少女。

「請問一下。」翡翠攔住一名骷髏，「想參加冒險獵人審核考試，要找誰辦理？」

這句話方落，好比水珠滴進熱油鍋裡，霎時在塔爾分部掀起巨大騷動。

不管是忙著爭辯自己的肩胛骨好或是腰椎好的骷髏，或是忙著處理份內事務的骷髏，這下子通通都匯聚在一塊。

那些黝黑的眼窩全直直地鎖定翡翠與斯利斐爾不放。

最後，由別著白花的骷髏作為代表出來說話。

「其實呢，我們的主人，塔爾分部的其中一位負責人就在這裡。只要妳能找出她，就能直接接受測驗，連手續費都不須繳喔。」

翡翠不是特別計較錢的人，但這是在他身上還有錢的前提之下。

如今他身無分文，一枚晶幣都變不出來。身上倒是還有三顆金蛋，可惜身為精靈王的他，無法隨隨便便就將唯三子民給賣掉。

噢，對了，還有顆從虹兔體內挖出的魔晶石，那是之後準備換成緊急預備金用的。

現在一聽到可以免費，他素來掛著淡然神情的面龐都亮了起來。

斯利斐爾只關注重點，「負責人在這裡的意思，是在這屋子裡面。還是說，在你們當中？」

白花骷髏天真地笑了，「當然是在我們之中呀。」

翡翠忍不住想一拍額頭。他來塔爾分部的路上應該多打聽消息的，起碼也要多了解一下關於負責人的長相，也不至於落至眼下瞎抓的局面。

問：如何在一群白花花，還幾乎大同小異的骨頭中，找到塔爾分部的負責人？

答：順從內心的渴望就是了。

翡翠在短時間內做出決斷，他目光飛快一掃，最終牢牢盯住了一隻沒有任何打扮、從骨架判斷應該是女性的骷髏。

「我選她。」翡翠一把扣住那截雪白的腕骨，「我覺得是她。」

大廳內所有聲音都消失了。

眾多骷髏靜佇原地，一動也不動，甚至連上下頜骨都不再卡卡地打顫。

詭異的死寂蔓延開來，這些不說話的骷髏襯著滿室的蒼白，倍添陰森森的氣氛。

換成膽子小一點的，壓根都不敢在這嚇人的地方多待一秒。

翡翠不確定自己膽子大不大，他只知道到目前為止見過的人事物，都不曾讓他心生畏怯，這也是他堅信自己原本是個殺手的原因。

普通人，有可能有這樣的心性嗎？

「您選對了。」斯利斐爾低下頭，用只有翡翠能聽見的音量耳語，「在下可以知道您是如何判斷的嗎？」

他是這世界創造主的代理人，要從骷髏中找出分部負責人對他而言輕而易舉。他都已經做好準備，假如翡翠找不出的話，就由他出手。

可沒想到，翡翠一抓一個準。

擁有一樣好奇的不只斯利斐爾，被翡翠緊攢住腕骨不放的女性骷髏也終於出聲。

「妳就確定是我？」那名女骷髏的聲音慵懶中帶了一絲含糊，彷彿昏昏欲睡的人在開口說話，「怎麼確定的？」

「妳看起來……」翡翠斟酌用詞，「是所有骷髏中最閃閃發亮、雪白動人的一個。」

簡直太適合熬煮成大骨湯了！

在場約莫只有斯利斐爾沒有相信翡翠的說辭。

即使他猜不出翡翠真正的想法，但瞄見對方不自覺舔舔嘴唇，喉頭還滾動一下的模樣，他瞬間得到一個距離真相最近的答案。

是看起來最好吃吧。

大多女性，不管是活的，還是呈骷髏狀態的，對於他人的讚美都很樂意接受。

這名女骷髏也同樣。

「謝謝妳的稱讚，這讓我覺得愉快。」她的聲音變得更低了，尾音拉得綿長，宛若在與人耳鬢廝磨。

與此同時，公會大廳裡的骷髏一個個化成閃光消逝，最末只留三個。

而女骷髏自身則是起了令人驚歎的變化。

僅一眨眼，那具白花花的骨頭架子失去蹤影，取而代之的是灰髮嫵媚的蒼白女人。

她個子瘦高，戴著灰色禮帽，帽上紮著緞帶花，花裡簇擁著骷髏頭的裝飾。一頭華麗的鬈髮披垂下來，遮住一邊眼睛。灰色的魚尾禮服貼合著她姣好的身材，下襬拖曳得長長的，如同人魚的尾鰭。

「我是灰罌粟，塔爾分部的負責人，還是名亡靈法師。」女人彎唇一笑，笑中帶著病態美，「很高興你們沒有對我的小寵物們發出尖叫聲。我們坐著聊一聊吧，順便喝點茶，我這有很好吃的蛋糕呢。」

留下的三名骷髏迅速準備好下午茶餐點，還在大廳裡擺了一張很有少女氣息的貓腳小圓桌，上面放了一盆小盆栽，只不過栽種的是一截指骨而不是粉嫩的花朵。

「這是我們塔爾分部的特有紀念品，骨頭小盆栽，任何部位的骨頭都能指定。喜歡可以買一盆回去。好了，你們繼續忙你們的工作吧。」灰嚳粟吩咐骷髏們退開，自己提起茶壺，爲翡翠和斯利斐爾各倒了一杯茶。

冒著熱氣和香氣的棕紅色茶湯從壺嘴裡劃出一條優美的拋物線，一滴也沒濺出地落進描有金紋的瓷杯當中。

同樣描有金邊的小盤子裡是綴著多顆飽滿栗子的夾心蛋糕，栗子表面刷著糖漿，與栗子泥拌得柔滑的奶油呈淡棕色，還沒放入口中，就能聞到一股淡淡的誘人甜栗香氣。

假如周圍不是垂著死氣沉沉的白布幔，幔間有著高大的骷髏走動，窗台還陳列著骨頭小盆栽，那麼眼下的氣氛更符合正常人所認知的下午茶時光。

翡翠的心思都放在栗子夾心蛋糕上，旁邊就算走動的是無頭屍體，他也能無動於衷地視爲背景板。

斯利斐爾將自己的份推給了翡翠，這並不是因爲他貼心，他只是不想再被人像隻眼泛綠光的餓狼緊盯不放，活像下一秒就會撲上來活吞了他。

「我是翡翠，這位是斯利斐爾。謝謝妳的招待，我要開動了。」翡翠雙手合十，虔誠感謝著，要吃之前沒忘記先揭下兜帽，那對非人類證明的尖耳朵落入灰罌粟眼中。

「妳是妖精。」灰罌粟的微笑更真誠，「那眞是太好了，我這剛好有個很適合妳的委託。」

「委託？」翡翠呑下栗子，想確定自己有沒有聽錯。依他所知，委託是只有成爲冒險獵人的人方能夠接下的。像他的情況，被分配到的應該是測驗才對，「我不是冒險獵人，我是想來當冒險獵人喔。」

「我明白。」灰罌粟優雅地端起茶杯，小小抿了一口，「妳可以考慮看看，只要完成委託，就能直接通過考核，成爲正式的冒險獵人，而那委託的報酬也會全數給妳。除此之外，我自己這邊再私下加碼十枚晶幣。」

翡翠還在埋首吃蛋糕，由斯利斐爾負責和灰罌粟交涉。

「在下想知道，妳爲何執意讓在下主人直接接下委託？這不符合冒險公會規矩。」

尤其灰罌粟還自願貼補一份獎金，十枚晶幣也是一筆不小數目了。

「很簡單。」灰罌粟慵懶地說，霍然伸出蒼白的手指，輕輕捏住了翡翠的下巴，「你的主人長得太漂亮了，這張臉太美，太吸引人注意。只要是喜歡美麗東西的人，肯定也會喜歡上你的主人。翡翠，妳的骨架也非常漂亮，妳死後願意成爲我的寵物嗎？我會把妳的骨頭照顧得雪白發亮、不染塵埃。」

灰罌粟的手指很快又收回，讓翡翠繼續享用蛋糕。

「謝謝妳的欣賞，但沒辦法。」翡翠遺憾地聳聳肩膀。畢竟他要是死了，世界也毀滅了，「所以委託跟我的臉有什麼關係？」

吃完自己的份，翡翠把另一塊夾心蛋糕移到面前，銀叉遲遲沒有戳上栗子，而是等著灰罌粟把話說完。

「喬安娜，麻煩把克爾克城的那份委託資料拿給我。」灰罌粟抬起手。

戴著大蝴蝶結的一名骷髏快速送來一疊文件。

「克爾克城的失蹤少女之謎……」翡翠看著文件上的字，「這就是妳想要我去做的委託嗎？」

「對的。」灰罌粟將文件遞向翡翠，「從上個月開始，克爾克城陸續傳來少女失蹤的事件，至今已有七名女孩下落不明。她們彼此之間的共通點，除了都是女性之外，還有很重要的一點——就是長得美。」

「噢……」翡翠若有所思地摸著自己的臉，大致猜出灰罌粟的目的了。

失蹤的都是容貌極佳的美麗少女。

灰罌粟剛剛又誇自己的長相任誰都會喜歡，尤其是喜愛美麗事物的那類人。

「妳懷疑有人特別偏好長得好看的女孩子，然後想辦法神不知鬼不覺地把她們綁走了？」翡翠說出自己的猜測，「妳覺得我的美貌一定能讓那個神祕人士心動，所以妳打算讓我到克爾克城去當誘餌，吸引對方主動上勾？」

灰罌粟沒有否認，「只要妳能查出失蹤眞相，就算通過測試，成爲最初級的冒險獵人，也就是錫芽。而要是能將失蹤少女解救出來，前提是她們還活著的情況下，我會以我公會分部負責人的身分擔保，讓妳越級成爲鐵葉。」

「你們公會沒有其他冒險獵人了？」

「有，但他們都沒妳長得美。」

「讓我想想……」翡翠有一下沒一下地戳著蛋糕，翻閱著腦中的世界基本知識，也可以稱爲資料不齊全的百科全書。

他重新溫習起冒險獵人和公會的相關資訊。

受到冒險公會管理的獵人稱爲冒險獵人，所派發的委託也由公會嚴格地過濾，遵守不違背道德正義的原則；而在冒險公會管理範圍之外的，換句話說，也就是不受任何約束的獵人，則稱之爲獎金獵人。

冒險公會在之中擔任的角色就是蒐集和提供相關情報，讓服務提供者（冒險獵人）與服務需求者（委託人）相互接觸。

簡單來說，就是仲介商的一種。

而冒險獵人的等級從低至高，分別爲錫芽、鐵葉、銅花、銀實、金穗。

錫芽最低，金穗最高。

唯有取得越高等級，才能夠被託付越高難度的委託，這是爲了避免冒險獵人能力不足，無法應對危機所規劃出來的系統。

假使想要跨越原有等級，就必須通過冒險公會所提出的測驗。提出測驗者，向來是由冒險獵人所加盟的公會分部負責人來擔當。

也就是說，假如能夠成爲鐵葉等級，那麼能接到的委託就會更多更廣，報酬自然也比錫芽來得高。

「我先問一下，從這裡到克爾克城需要多久的時間？」

「不到半天即可抵達。」

那還好。翡翠鬆一口氣，要是超過兩天半以上，那也別說做委託了，世界都宣告GAME OVER了。

「妳決定如何呢？」

「接。」翡翠點頭，叉起了他的栗子夾心蛋糕，就像在舉著一根勝利火把，「只要你們願意包我的三餐加下午茶加宵夜的話。」

「抱歉……什麼？」灰罌粟以爲自己聽錯。

斯利斐爾面無表情，沉默地替翡翠斟滿紅茶，他已漸漸習慣這位新王的不要臉了。

翡翠字正腔圓地重複一遍，「包三餐、下午茶、宵夜，我去克爾克城幾天就包幾天。憑我的美貌，要求這些很理所當然的吧。」

第4章

灰罌粟用行動告訴翡翠，大白天的還是別作夢了。

別說下午茶和宵夜，就是三餐也想都別想。

蒼白嫵媚的灰髮女人噙著微笑，二話不說地讓骷髏把翡翠和斯利斐爾掃地出門。

塔爾分部的大門重重關上。

過不久，又重新打開一小條縫隙，一個小包袱從裡面扔了出來。

包袱內是滿滿的餅乾，看起來就和翡翠世界裡的營養口糧差不多，都是麥色，而且又乾又硬。

裡頭還附上一張小卡片，花俏的字體書寫著一行字——

妳的三餐、下午茶和宵夜。

「吃了就等於我要去做任務了，對吧？」翡翠拿起一片餅乾，能聞到淡淡的麥香。

「您不是已經準備要去做了？」斯利斐爾冷漠地睨他一眼。

「笨蛋，做人……噢，做精靈要有骨氣一點。這種和緊急備用食物沒兩樣的餅乾，一看就是很難吃，以爲這樣能打動我嗎？」

「在說出『骨氣』兩個字的時候，您不要舔上軍糧餅會更有說服力。」

「原來這玩意叫軍糧餅……專門給士兵吃的嗎？」

「主要給士兵的馬吃，緊急時候才是士兵吃。」

翡翠默默地收起軍糧餅，他覺得自己還沒淪落到要吃戰馬食物的地步。

前往克爾克城要半天時間，這是以常人步行的速度來算，假如想要大幅縮短路程，也可以搭乘馬車或是選擇騎乘馬匹，抑或馴養過的魔物。

當然，除了步行之外，其他方法都需要一個最重要的物品。

——錢。

好在斯利斐爾還有一顆從虹兔體內挖出的魔晶石。

由斯利斐爾再去敲公會那扇闃黑的大門，把魔晶石塞了進去，過不久便從裡頭扔出了一袋錢幣。

他們身上目前的總財產是十五枚晶幣。

翡翠盤算一下，徒步走到目的地也不是不行，還能節省旅費。但租輛馬車，一來能趁機休息一番，二來可以在車上研究公會委託的相關資料。

「就租馬車吧。」翡翠拍板定案，找了間能夠A地租、B地還的店家，租借一輛不算大，但勝在乾淨整潔的馬車，車夫就由斯利斐爾充當。

出了塔爾市，路面也從青石板變成泥土路。雖然經過特別整平，但與市內的平穩相較起來，多少略顯得顛簸。

翡翠本來想待在車廂內，卻被暈車打敗。他摀著嘴，面色蒼白地從車裡爬出來，硬是在斯利斐爾身邊擠出一個位置。

他將一半的重量倚在斯利斐爾身上，不到一會又嫌棄地直起身子，「硬邦邦的，你不能把你的肉變軟一點嗎？或是變回原形？」

想到有又香又軟的舒芙蕾鬆餅當抱枕，翡翠就覺得所有疲憊都能瞬間一掃而空。

「不能。」斯利斐爾絲毫不留餘地地說，他又不是傻了，可表面上他給出一個名正言順的藉口，「那會造成路過之人的恐慌。」

「也是喔。」翡翠理解過來，「萬一有人想跟我搶鬆餅怎麼辦？」

斯利斐爾數不清第幾次不想跟這人說話。

冷不防目睹一塊大鬆餅在駕馬車，正常人只會覺得詭異或可怕，絕對不會有人想上前爭奪美食的。

猛地意會到他居然也把自身定義成美食，斯利斐爾忍不住稍微拉開和翡翠的距離。

這位新任精靈王簡直有毒，害他都差點認知錯亂了。

等到暈車的不適感逐漸退去，翡翠找出了灰罌粟給他的羊皮紙卷，那是這次委託，同時也是冒險獵人測驗的資料。

他解開上面的綁繩，卻發現紙上什麼也沒寫，反倒是包著一顆艷紅的結晶體。

還沒等翡翠找到相關說明，斯利斐爾瞥了一眼，「那是映畫石，您從中間位置扭一下。」

翡翠依言從中旋轉紅色結晶，頓時聽見「喀」的一聲，隨即光芒像流水般溢出，在空中變化成文字和圖片的投影。

翡翠恍然大悟，看樣子就是隨身碟加全息投影的概念吧。

斯利斐爾放開韁繩，跟著看向映畫石。

黑色駿馬即使無人駕馭，依舊穩健地朝著目的地前進，彷彿有一雙看不見的手在操引牠的方向。

「您可以這樣做。」斯利斐爾以食指和拇指將飄浮在半空的文字拉大，旋即又往旁邊一撥，文字內容登時有了改變。

「喔喔喔！」翡翠的眼睛難得因食物以外的事物一亮，這使用方式感覺更像他們現代的觸控式螢幕呢。他馬上熟練地操作起來，閱讀起上面的文字和圖片。

克爾克城發生少女失蹤是從上個月開始的。

最初沒人想到這會是有著針對性目的事件，只單純以為少女是和家人鬧了脾氣而離家出走，類似的事之前就曾發生過。直到第二名，第三名受害者出現……

克爾克城的警衛隊終於驚覺到事情不對勁，他們投入大量人力搜尋卻一無所獲，就連受害者的親朋好友也難以提供有用線索。

在他們看來，受害者並沒有和可疑的人士接觸，生活也很正常，沒有什麼異狀。但就是一夜之間，自己的女兒、妹妹、姊姊便從家裡徹底消失了，彷彿從這個世界上蒸發一樣。

可就像要嘲笑警衛隊不過是徒勞無功，少女失蹤的案件沒有因搜查而停下，受害者反而持續增加。直到現在，總共已有七名少女不見蹤影。

警衛隊別無他法之下，決定向冒險公會塔爾分部尋求協助，發布尋人委託。

了解了事情的來龍去脈，翡翠看起失蹤少女們的個人資料。

就如灰罌粟所說，七名受害者清一色都是容貌極佳的美麗少女，年齡大多都落在十六、七歲上下。

七人的外貌沒有找出共通性，這讓翡翠省下另做偽裝的工夫。假如凶手特別喜愛某個頭髮顏色或眼珠顏色的話，那麼他就得想辦法做個改變了。

翡翠忽地發現到，七名受害人在人際交往上雖然沒有明顯共通點，可她們之間卻能拉出一個縱橫交錯的關係網。

例如受害者一號和三號是表姊妹，三號和五號曾因共同朋友而一起吃過幾次飯；碰巧的是，那位共同朋友和四號是同學，又常去六號家開的店面光顧；甚至就連二號和七號，與那位共同朋友也有著間接來往。

翡翠把羊皮紙放在膝蓋，在上面大略地勾勒出一個人物關係圖，所有的線最後都匯集在一個人身上。

幸好克爾克警衛隊連受害者周邊人物的資料也有備上，這名共同朋友也包括在內。

黛芙蘿雅・西拉。

由於黛芙蘿雅和幾名失蹤少女多少有過來往，也曾被警衛隊詢問過，但同樣無法從她身上獲得有用的幫助。

翡翠掃了一眼黛芙蘿雅的介紹。她是有錢人家的大小姐，雖說性情有些過於軟綿，可待人溫柔又樂於助人，相當受平輩和小孩的歡迎。

「樂於助人啊……」翡翠將映畫石收起，托著下巴認眞地盤算起來，「不曉得這位大小姐願不願意收留一位孤苦無依，身上旅費又全都被搶走的可憐美少女呢？」

「……您說誰？」斯利斐爾懷疑自己聽錯。

「還能是誰呢？當然是我呀。等等停一下，我要弄點泥土上來。」翡翠交代。

「要做什麼？」斯利斐爾沒有動作，可拉著馬車的黑馬刹那間穩穩停住。

「爲接下來的僞裝做準備啊。」翡翠笑咪咪地說，「等進了克爾克城之後，你得先藏起來。不過不准進入我的腦子，沒經過我同意就入侵的話，會逼得我以後連人形的你都啃喔。」

斯利斐爾哪會看不出翡翠險惡的心思，這不就是要逼他變回原形嗎？他暗自冷笑，他是絕對不會讓對方得逞的，反正只要能藏起來不被發現就行了吧。

翡翠俐落地跳下馬車，弄了一捧土回到車上，在臉上、衣上塗塗抹抹，致力營造出一個小可憐的形象。

「那在下藏起來之後呢？」斯利斐爾問道。

翡翠抬起塗得灰撲撲的臉，露出一口白牙。

「當然就是先找到那位好心腸的大小姐，然後在她面前開始我的表演。」

✣✣✣

隨著木門被推開，掛在邊上的風鈴搖曳出清脆聲響。

但平時聽起來悅耳的鈴聲，此刻落進黛芙蘿雅耳中，只覺心煩無比。

克爾克城有七名少女失蹤的消息早就傳遍了他們居住的這一個區，這也讓條件和失蹤者相近的女孩們不禁人人自危，上街時不敢落單，天色一暗下就趕緊回家，深怕自己會成爲下一位受害者。

黛芙蘿雅卻是不怕隻身一人，只是應家裡要求，才把女僕帶在身邊，她比大多數人都還要更加了解這一連串事件。

那些少女其實是在自個兒家中平空消失的，並不是像警衛隊對外說明的，是遭到歹徒綁走。

她會知道得這麼詳細，是因爲那七名失蹤的少女不是和她認識，就是間接和她有過往來。

警衛隊當初找她過去詢問的時候，她嚇傻了，但也絞盡腦汁地把自己所知道的一切都坦承出來，只希望能幫上一點忙，早日讓那些女孩們平安歸來。

偏偏她知道的那些都無法成爲有力線索，每每聽見警衛隊搜尋未果，越來越深的無力和擔憂讓她整個人焦躁起來。

「小姐，我們這是要回去了嗎？」陪著黛芙蘿雅一起出門的女僕問道。

「誰說的？現在還那麼早，我還要再繼續逛！」金髮碧眸的清秀少女像使著小性子般說。似乎要證明自己的話，她腳下速度頓時加快，一下就把女僕甩到了身後。

「小姐！黛芙蘿雅小姐！」女僕連忙快步往前追，深怕跟丟前方的大小姐。

聽見自後追來的啪嗒腳步聲，黛芙蘿雅就像賭氣似的，邁出的步伐更快且更大，卻在繞出下個轉角時，無預警地和人撞上一塊。

「好痛！」黛芙蘿雅被撞得重心不穩，狼狽地向後跌坐。

「小姐！」追上來的女僕嚇了一跳，趕緊跑上前扶人，「小姐妳沒事吧？」

「沒……我沒事……」黛芙蘿雅想揉揉自己摔疼的臀部，但這樣的舉動似乎太不淑女只好作罷。她忍著痛，沒忘記關心被撞另一人的狀況，「妳還好嗎？有沒有受傷？不好意思，是我沒好好……」

黛芙蘿雅的話聲戛然而止，一雙青碧眸子大睜，微縮的瞳孔裡倒映出來的是一張沾著髒污，卻掩不住耀眼美貌的面孔。

撞到她的是一名披著斗篷的女孩子，兜帽滑落下來，一頭綠髮在末端還染著雪白。紫色的眼睛猶如紫水晶剔透動人，而那雙尖長的耳朵更是讓人移不開目光。

「是……妖精？」女僕扶著黛芙蘿雅，掩不住一臉訝色。

綠髮妖精少女站起，她臉色蒼白，整個人顯得虛弱又無力。看在黛芙蘿雅和女僕眼中，簡直像是隨時就會昏倒在她們面前。

她們的擔憂在下一秒成真了。

綠髮少女正要開口，下一秒卻身子一晃、雙腿一軟，當場失去了意識。

柔和的燈光下，溫柔的少女嗓音散逸在房間裡。

「要是身體還有什麼不舒服，就跟我說一聲，我立刻找家庭醫師過來。」

「真的很謝謝妳，黛芙蘿雅小姐。」

「不用喊我小姐，直接喊我的名字就好。妳別擔心，我的堂叔是警衛隊的人，我請他幫忙找看看，看能不能找到偷走妳錢包的人。」

「好的，就拜託妳了。」

「這幾天妳就先住在我家吧。反正我家很大，空房間也滿多的，妳千萬別有壓力，我一直很想要有人陪我呢。」

「只要妳不嫌棄的話，我很樂意。」

「哎呀，怎麼可能會嫌棄？能天天欣賞這麼好看的人，是我賺到了才對。我就不吵妳了，妳好好休息喔。」

關門聲在片刻後響起，房內重新被一片安靜籠罩。

確定離開的少女短時間內不會再回來之後，躺在床上的人影立即坐直身體，僞裝出來的虛弱更是瞬間一掃而空。

黛芙蘿雅帶回來的妖精少女正是翡翠。

要想打探出黛芙蘿雅的行蹤並不難，翡翠入城後，先從對方常去的幾個地點找起。

雖說在那些地方撲了一個空，可也從附近民眾口中聽到了一些關於少女失蹤案的消息。人們愁眉苦臉，討論著這種可怕事情究竟何時才會結束，又忍不住爲至今城裡稱得上是中上容姿的少女們憂心忡忡，深怕她們之中有誰會成爲下一位受害者。

其中就談到了黛芙蘿雅。

自然而然，也有人提起自己不久前曾在哪邊見到那名金髮少女。

翡翠馬上朝那人口中說的地點移動，果然找到了目標對象。

按照計畫，他假扮成一名錢包被偷走，不但身無分文還無依無靠的可憐孤女。在黛芙蘿雅面前假裝暈倒後，成功引得對方心生同情，還留他下來暫住幾日。

翡翠環視一眼自己這幾天的住處。

客房乾淨整潔，最重要的是有著對他而言方便出入的對外窗。他來到窗前，低頭向下望，在心中規劃溜出房卻不會被人察覺的路線。

就在這時，他放在一邊的背包裡傳來窸窸窣窣的聲響，隨後包包由裡頭被打開，一個不到巴掌大的影子鑽冒出來。

赫然是迷你版的斯利斐爾。

「您的計畫成功一半了。」斯利斐爾敏捷地跳躍，來到翡翠的肩頭上，充當一個小巧的裝飾品，「那接下來呢？」

「接下來……先好好養精蓄銳，睡個好覺了。」翡翠伸伸懶腰。從他重生到法法依特大陸以來，就像趕火車似的，事情一件接一件，讓他連喘口氣的空檔都沒有。

既然那七名少女都是和黛芙蘿雅見面後隔天被發現在自己家裡失蹤，就表示她們出事的時間點應該是在半夜。

爲了應付夜間可能出現的危機，先養好精神是非常必要的。

翡翠拎起斯利斐爾放到花梨木梳妝台上，自己脫了鞋子打算再重回被窩的懷抱。

「請您等等。」斯利斐爾卻喊住他，「您要睡的話，還請抱著您的子民一起睡。」

「我的……什麼？」

「您的子民，或者說您的蛋。」

翡翠是很想掀起裙子檢查自己的下半身，然而理智告訴他，斯利斐爾說的是那三顆金蛋。

「爲什麼我得抱著它們睡？你就不擔心我睡得迷迷糊糊，把它們吃了嗎？」

「這點您不用擔心，它們的蛋殼不是您能輕易咬碎的。您大可以試試，但您可能會成爲史上第一位缺牙的精靈王。」

翡翠一點也不想冒這個險，他對外貌還是有幾分在意的。他催眠著自己，就當抱三顆石頭睡了，別把它們當成食物就好。

「三顆都要抱在懷裡才行。」斯利斐爾指點著，「這是您的子民，您必須讓它們感受到您的愛意與溫柔，才能讓它們盡早從蛋裡孵化出來。」

然後他就要多三隻嗷嗷待哺等著吃錢的幼崽了。

翡翠嘆口氣，抱著三顆蛋一起進入被窩。

奇妙的是，在斯利斐爾口中有著堅硬外殼的金蛋，他抱起來卻不會覺得磕人。反倒有種像抱著熱水袋的感覺，這讓他沒一會就陷入了黑甜鄉之中。

見狀，斯利斐爾恢復正常大小。他拉了一張椅子在床邊坐下，背脊挺直，就像最沉默忠實的守衛，護守著這新生不久的精靈王。

這一睡，翡翠睡到凌晨一點多才醒了過來。

他在床上伸了一個大大的懶腰，看著三顆金蛋的眼神終於不再像是看著食物，而是滿懷慈愛。

他發現抱著蛋睡，不但睡得好、睡得香，在夢中還能在美食之海徜徉。

這眞是三顆神奇寶貝蛋啊！

翡翠忍不住在這三顆金蛋上各親一口，「叭唧」的一聲相當響亮。他又摸摸金蛋，這才將它們重新放回背包裡。

「您在睡覺的時候，黛芙蘿雅有進來一次。」斯利斐爾平淡地說起翡翠睡著時發生的事，「她給您送了些吃的。」

翡翠這才發現客房裡的木頭小圓桌上擺著一個餐籃，裡頭放著冷掉再吃也一樣美味的三明治。還有一瓶密封著以免影響風味的牛奶，餐籃旁還貼心地附了一張小卡片，註明是黛芙蘿雅留給他的晚餐。

翡翠摸摸肚子，就算吃普通食物無法爲自己帶來眞正的飽足感，但並不會妨礙他對美食的追求。

三明治是雲朵麵包夾著蛋和厚厚的培根，不管是培根或麵包都沒有隨著時間的流逝而減損自身口感。麵包正如其名，有如雲朵般雪白蓬鬆，入口還能感受到小麥的香氣和一縷天然的蜂蜜味。培根冷掉也依舊酥脆可口，油而不膩，脂肪的美味在舌頭上化開，再搭配撒在裡頭的粗胡椒粒，微微的嗆香反倒提高食材本身的鮮美度。

最後再將滑順香濃的牛奶一口氣喝個精光，翡翠舔舔嘴唇，對這份晚餐，或者說宵夜，很滿意。

資料上說的沒錯，這位大小姐眞是人好得過分。

「而您卻對她騙吃騙喝還騙床睡，您的良心不會痛嗎？」

翡翠低頭看著自己胸口，「良心你會痛嗎？」

想當然耳，不會有聲音回答的。

翡翠聳聳肩膀，「它沒說話，顯然它不會痛。」

「在下錯了，在下應該直接問您有沒有良心的。」

「你居然還奢求一個殺手有良心嗎？」

斯利斐爾忍下翻白眼的欲望，殺手這個梗是過不去了嗎？他摘下自己佩戴的單眼鏡片，拿出手巾擦拭，擺出了一副他現在不想和人說話的態度。

很巧地，翡翠也不想跟對方說話。他在房裡繞著圈子當作飯後運動，腦內同時思索著下一步。

這個時間點了，他該去街上晃晃，主動吸引凶手上勾嗎？抑或留在房內守株待兔？

還沒等翡翠拿好主意，他的尖耳霍地動了動。

精靈族的尖耳朵可不單是好看，聽力還格外靈敏。

即使隔著厚重的門板，翡翠還是捕捉到了一道清晰聲音，聽起來就像樓上有誰打開門，一步步地往更上一層走去。

他記得很清楚，黛芙蘿雅和他說過，他待的二樓是客房，主人的臥室則是座落於三樓，最頂端是堆放雜物的閣樓。

這個時間點，誰會到閣樓？

想弄明白眞相，唯一的辦法就是採取行動，直接到外面看個究竟。

「你先縮小或隱身，隨便你怎麼弄，別被人看到就好了。」翡翠可不想和目擊者解釋他的身邊怎麼會大變一個活人出來。

那樣孤女人設就會被打破。

而且也不能趁機再騙吃騙喝了。

「您把眞心話說出來了。」斯利斐爾提醒。

「沒關係，反正我也沒對你隱瞞過。」翡翠毫不在意。他打開房門，先從窄窄的縫隙中觀察外頭動靜。

二樓走廊很安靜，爲了避免夜間走動時看不清路，走廊上安置著一顆日核礦，能照亮到走廊邊緣。

翡翠豎耳傾聽，確定除了往閣樓的腳步聲猶然存在之外，並沒有發現其他聲音。他立刻悄聲閃出客房，與縮小尺寸的斯利斐爾上樓。

這過程中還沒忘記把他的三顆金蛋連同背包一併帶上，重要的東西還是隨身攜帶最安心，況且誰也不知道這一去會碰上什麼事。

翡翠一個邁步越過兩、三級階梯，半晌後就看見了夜半腳步聲主人的身影。

即使對方背對著他們拾階而上，但那頭金黃耀眼的長髮及窈窕的身材，讓人一眼就能辨認出來。

那是黛芙蘿雅。

黛芙蘿雅會在深夜前往閣樓本就不尋常，可最古怪的是，她在這時間點竟還是盛裝打扮。

她身著一襲玫瑰色的晚禮服，髮上佩戴著華麗的髮飾，包括雙耳和手腕上也戴著閃耀的珠寶首飾，腳上穿的則是一雙綴著銀粉的舞鞋。

彷彿她待會要踏入的不是堆滿雜物的閣樓，而是一場奢華又盛大的舞會。

「黛芙蘿雅？」這場景太詭異了，翡翠連忙出聲喊道。

走在前端的黛芙蘿雅卻好像未曾聽聞，依舊筆直地朝著閣樓前進。

再五級階梯，就能抵達閣樓了。

「黛芙蘿雅！」翡翠克制音量，讓對方足以聽見聲音，又不會吵到樓下其餘人。

然而金髮少女如同沉浸在夢遊狀態，來自外界的聲音阻止不了她的步伐。她挺直著背，抬腳再踏上一級階梯。

就在這時，翡翠驀然留意到她手腕上發出了異光。

不對，是戴在她手上的一串紫水晶手鍊在散發著光芒。

並且隨著她越近閣樓，淡紫色光芒越發明亮，在昏暗的樓梯間宛若一盞顯著燈火。

翡翠原本想扣住黛芙蘿雅肩膀、阻止她上樓的手收了回來。他瞇細眼，直覺感到接下來將要發生的事，也許和克爾克城的神祕失蹤事件扯得上關聯。

打開閣樓門把，黛芙蘿雅微彎著身走了進去。

翡翠看了一眼肩上的斯利斐爾，無聲無息地跟了上去。

穿著華麗禮服的金髮少女似乎渾然未覺身後有人尾隨，她進入閣樓後，在一塊沒有堆積雜物的地板上停住不動。

翡翠站在門口，多虧那圈紫水晶手鍊的光，讓他沒有忽略地板上發生的怪異變化。

前一刻明明還只是再普通不過的木紋地板，下一刻卻平空生成了一扇門。

就好像那裡一直以來都有道暗門。

黛芙蘿雅握住門上的提把，往上一拉，門順勢打開，黑黝的通道內是一條通往底下的階梯。

黛芙蘿雅拎起裙襬，一步步地往下走。

待金髮少女的身影消失在樓道內，翡翠反手帶上閣樓小門，悄然無聲地湊了過去。

他快速打量一圈，不確定這道神奇的暗門會不會消失。

但至今發生的少女失蹤案件，恐怕都與這道來歷不明的門多少有些關聯。

假如他的猜想爲眞，那麼怪不得少女們會像是在自己家裡平空蒸發。畢竟誰也不會想到，自個兒家裡會無端冒出一扇門，引誘人往裡面走。

翡翠二話不說地跟在黛芙蘿雅身後，他謹愼地踏著樓梯向下走，前方的紫水晶手鍊對他而言就像是黑暗中的一盞指路燈。

手鍊的光芒將少女的影子映照在壁面上，也照出了這條通道的部分輪廓。

翡翠環視周圍，明明他們是從閣樓的暗門往下走，可進入的卻像是另一個截然不同的空間。

整體看來，這裡更像一個巨大的石窟，陡斜的石梯貼著岩壁朝底下延伸出去，彎彎曲曲，沒入更深的漆黑之中。

翡翠將背包裡的斗篷抽出披上，兜帽也沒忘記拉好，把自己的半張臉隱在帽簷的陰影內。

他在心裡估算，他們現在大約往下走了近五層樓的高度，真難想像不久前他們還是待在一間僅有三層樓加小閣樓的屋宅內。

差不多到了地下六樓，岩壁上一支支火把忽然點亮了，如同在迎接著客人的到來。

再繞過兩個轉角，翡翠二人就看見石梯的終點。

一座閃閃發光的樹林。

第5章

翡翠揉了揉眼，確認自己眞的沒眼花看錯，那座小樹林眞的在閃閃發亮。它們閃爍著絢爛瑰麗的光芒，盯久了簡直像是能閃瞎人的眼睛。

黛芙蘿雅視若無睹地穿過樹林，她似乎很熟悉這裡，腳下步子沒有絲毫停頓。

翡翠快步追上，他就像一道輕盈的風，腳步落在地上都沒留下痕跡。

奔跑途中，翡翠看清那些璀璨光華的源頭。他雙眼瞠大，覺得就算自己失憶記不得原世界的事情，只怕也不曾目睹如此浮誇的樹木。

樹上的葉片是由黃金和白金打造，葉子之間的樹枝是流光四溢的鑽石，垂掛著的果實則有紅寶石、綠寶石，以及黃寶石。

這片樹林是用多少錢堆砌出來的啊！

翡翠緊閉著嘴，免得控制不住發出抽氣聲，貧窮眞的太限制他的想像了。

斯利斐爾沒有任何反應，這森林無論是珠光寶氣或是陰森驚悚，都入不了他的眼。

「黛芙蘿雅在那裡。」他冷靜地替翡翠指引，「那裡還有一座湖。」

「湖？」翡翠按捺住對這片寶石樹林的好奇，目光轉向，果然在樹林外頭發現了一片廣大湖泊。

湖邊停靠著一艘小船，還有三道以斗篷包得密不透風的人影。

翡翠一凜，迅速找了棵能擋住全身的樹木隱匿在後。他貼靠著樹幹，微微探出頭。

這個距離足以讓他看清湖畔動靜，亦能把聲音聽得一清二楚。

斗篷人影對黛芙蘿雅的到來一點也不顯得吃驚。

最壯的那個揮揮手，「先在那邊等著，人到齊就開船。」

翡翠不禁一訝。人到齊？所以還會有其他人過來嗎？

沒等太久，答案就在翡翠眼前揭曉了。

從另外兩個方向，分別走來兩抹美麗的人影。

她們與黛芙蘿雅同樣穿著精緻貴氣的禮服和舞鞋，耳上、脖頸掛著華麗的首飾，手腕上也都有一條紫水晶手鍊。

三名少女神色空茫，宛若處於夢遊狀態。她們溫馴地聽著斗篷人影的指示，抬起手腕，讓他們看一眼紫水晶手鍊，再依序登上了小船。

最後是一名斗篷人影跳了上去，他撐著槳，慢慢划離湖邊，朝對岸前進。

留下兩名斗篷人影繼續固守原地。

湖中瀰漫氤氳的霧氣，看不清湖泊對面完整景象，只能粗略看見有個大型建築物的輪廓。

想必那就是三名少女將要前往的目的地。

翡翠縮回腦袋，抱胸思考起來。

根據剛才所見，想要抵達對岸，就只能想辦法橫越那座湖泊。而想登上那艘小船，那條紫水晶手鍊似乎就等同於船票。

他不會飛……游泳？他沒試過，還不確定水性如何，但是誰知道湖裡有什麼？左看右看，就只剩下坐船是值得採取一試的方案。

現在麻煩的還有一點，就是不曉得黛芙蘿雅和那兩名女孩子會不會再回來，或是就此成爲失蹤名單上的一員。

如果是後者，翡翠敢肯定自己這個被黛芙蘿雅撿回家的外地人，恐怕要被當作頭號嫌疑犯了。

該怎麼辦才好呢？翡翠一邊思索，一邊無法自拔地被垂落在自己面前的鑽石樹枝、金銀葉片和寶石果實吸引。

不知道它們能不能吃？吃起來口感又是如何？

換作是平時，就算翡翠再如何熱愛食物，他也不會把主意打到這些和食物八竿子打不著的寶石上面。

但是，他重生後就不一樣了。

他可是一名必須以晶幣當主食的精靈！

晶幣的原料是礦石，寶石的原料也是礦石，既然他晶幣都能吃了，那四捨五入一下，吃寶石也沒問題的吧。

對未知食物的欲望撓得翡翠心底發癢，他目光滑過樹枝果實，最後落至葉片上面。

他覺得那片銀葉子好像不錯吃，希望咬下去清甜多汁。

全然不知樹林裡還躲藏了一個人，留在原地的兩名船夫有一搭沒一搭地閒聊起來。

「啊啊，待在這地方有夠無聊的……真希望可以到上面去啊。」

「別傻了，你這樣子一出去，只會先引來警衛隊上門吧。店也不可能好好開了，你想讓主人不高興嗎？」

「我、我只是嘴巴上說說……看在彼此是好兄弟的份上，你可不能讓主人知道！」

船夫們似乎相當畏怕那位主人，在提及時都是語帶哆嗦。

「這你大可放心，我可不想自找麻煩。不過我也是能理解你啦，到上面多好，有得吃有得玩，還有許多美人可以欣賞，雖然最美的那些最後都會到我們這邊來就是了。」

「可是……今天來的那三位，跟之前的水準比，好像……弱了一點耶。」

「笨，你以為頂級美人隨處都能見到嗎？最美的幾個已經被留在主人的屋子裡了，店長也只好降低標準，找品質次等一些的。」

「原來如此啊……我還想說那傢伙居然膽大包天，找了次等貨過來充數，那主人還不打死他？然後我說不定就有機會上位，成為新店長嘿嘿嘿。」

「醒醒，別站著作夢了。等等雷夫就會再帶著人回來了，萬一讓他知道你這張嘴巴管不住，當心他揍你。」

「雷夫就是個混蛋，老是瞧不起新人。我也不過比他晚一個月成為主人的部下啊，他每次看我的眼神，就好像巴不得再將我扔回池塘裡。」

「他看我還不是一樣……算了算了，人家比我們強也是沒辦法的事，主人賜給他的祕藥可是比我們多。真羨慕他有那身肌肉呀，我也想多打點祕藥，變得更強壯一點。」

聽到這裡，翡翠已經能夠百分之百篤定，他們口中的「主人」就是讓少女失蹤的幕後黑手。

真沒想到克爾克城裡居然有這樣一間店，店長是幫凶，會替這個主人篩選美麗的女孩，之後再設法把人送到這地方來。

那串紫水晶手鍊，想必就是一個記號，只有被挑選上的少女才會擁有。同時它還是一種魔法道具，才有辦法在受害者家中製造出一扇門，接連到這個空間。

除此之外，翡翠也沒疏忽斗篷人影提到的「再帶著人回來」。

也就是說，黛芙蘿雅她們不是立刻就被主人扣留不放……這樣下一步的行動就好辦多了。

翡翠打定主意，等明天一早就詢問黛芙蘿雅紫水晶手鍊的由來，然後再前往那家商店設法打探更多情報。

擬定好明日行程，他愉快地摘下銀葉子，準備好好品嚐看看。

葉片卻在被折下的剎那間，發出了響亮的聲響。

「啪」的一聲，迴盪在整座寶石樹林裡。

想當然耳，也被那兩名裹著斗篷的船夫注意到了，他們馬上提高警戒地扭過頭，目光緊緊盯住了小樹林。

「誰在那裡？出來！」

「今天的名額只有三個，該不會是有其他人類闖進來了。」

「去看看不就知道了。」

眼見兩名船夫就要走進小樹林，翡翠急中生智，果斷發出「喵喵喵」的聲音。

一聽到貓叫聲，船夫們下意識停住腳步，本來提高的戒備也不禁放鬆幾分。

比起人類，小動物闖入還比較好處理。

個子矮的船夫當下自告奮勇，「我去把那隻貓宰了吧。我姑姑的兒子的鄰居的小孩，就是被貓給玩死的，那還是那麼小的一個無辜孩子啊！」

「天啊，太可憐了……貓真的太邪惡太可惡！就交給你了！」

翡翠千算萬算，就是沒算到船夫A的姑姑的兒子的鄰居的小孩居然是因貓而死。眼見對方從斗篷底下抽出寒光森冷的大刀，步步往他藏身之處逼近，他先壓下對那隻貓體型的好奇，緊急祭出第二套方案。

「咩咩咩。」

貓咪不行，小羊那麼溫和可愛，總不會又是害死船夫親戚的鄰居小孩的凶手了吧？

事實證明，還眞的是。

原本想在樹林外偷懶的船夫B瞬間暴跳如雷，「該死的羊啊啊啊！我叔叔的女兒的鄰居的小孩就是被羊給踩死的！」

坐在翡翠肩上的斯利斐爾面無表情，他實在很難判定到底是敵方還是己方的智商有問題。

這下子，兩名船夫都往樹林來了。

他們扯下斗篷，露出眞面目。似人的綠色身軀上，接連的是一顆碩大的青蛙腦袋，手指和腳趾之間連著片狀的蹼。

「他們是半蛙人。」斯利斐爾說。

「長得，真讓人倒胃口。」翡翠把斗篷裹得更緊，以免自己的臉被看見，「還不如乾脆整隻青蛙呢。」

「如果是整隻青蛙，您想做什麼？」

「這個嘛，三杯田雞好吃，田雞湯也很不錯，尤其是加了許多蒜頭和九層塔的那種。」翡翠舔舔嘴唇，感覺唾液在口中分泌。聽著逐漸向自己逼近的腳步聲，他四下搜尋起有無趁手的武器，最後目光落至那些垂掛在樹上的紅寶石和黃寶石。

半蛙人一臉凶神惡煞，準備一看見可恨的羊和貓，就要把牠們剁成肉醬。

下一秒，破空聲無預警傳來。

還沒等兩名半蛙人反應過來，他們向外凸起的眼珠就被硬物狠狠砸中，痛得他們慘號出聲。

「眼睛！我的眼睛！」

「要瞎了啊啊啊啊！」

半蛙人摀著自己的眼睛，注意力頓時全被移轉，自然沒有察覺到有條人影正敏捷地朝他們靠近。

翡翠順從身體本能而行動。

早就從翡翠肩上跳下的斯利斐爾飄浮空中，下方發生的一切都被他收納在眼中。

綠髮青年速度奇快，僅僅一晃眼，人就逼至其中一名半蛙人身後。他以手肘狠狠敲上對方暴露出來的後頸處，趁著那具綠色身影搖晃之際，抓著裝有金蛋的包包就朝那顆青蛙腦袋猛力砸了下去。

斯利斐爾是知道那三顆金蛋有多硬的，他的眼前彷彿浮現了西瓜被敲破、紅色汁水飛濺四溢的畫面。

他再定睛一看，眼下倒沒有真的上演血腥場景，不過被砸了腦袋的半蛙人翻著白眼倒在地上，徹底沒了動靜。

放倒一名敵人，翡翠迅速再貼近另一個。

他就像條狡猾靈活的蛇，將半蛙人的身體當成了踩踏的基石，腰身一扭，順勢跨坐在對方脖子上，雙腿猝然絞緊使力，再一個翻身——

半蛙人被重重甩撞在地面，後背撞擊地板的聲音響亮得讓人牙齒一酸，頭皮一緊，不自覺擔心起對方的骨頭是不是跟著斷裂數截。

翡翠俐落地站直身子，拍了拍雙手，「我果然是個殺手沒錯，我的身手好得太過分了對吧，斯利斐爾。」

斯利斐爾不能否認這一點。即便精靈族天生有許多種族優勢，例如感官敏銳、體能和速度都勝過一般人類，但沒有經過訓練，不可能展現出翡翠剛剛那樣的技巧。

尤其翡翠現在的力量該還處於受精卵狀態，然而他解決敵人的身手著實過於優異，那麼確實只有一個可能性符合他的情況。

他在原來的世界，恐怕眞的不是普通人。

也許……眞的會是殺手？

發現自己竟然差點被翡翠洗腦成功，斯利斐爾立刻抹消這個念頭。

身爲眞神代理人，悠久歲月以來見過法法依特大陸眾生百態，他還從來沒有見過這種……對吃執著過頭，有時還很缺智商的殺手。

「看樣子，您不只失憶，還失智了。」斯利斐爾選出一個他最能接受的答案，「在下會盡量以無私之愛包容您的。」

「謝謝，不用。」翡翠冷酷地拒絕，「別愛我，註定沒結果。」

因為他是一個不需要感情只需要美食的殺手。

斯利斐爾不用入侵翡翠腦子，都能猜出對方此刻內心轉的是什麼念頭。雖說他不用呼吸也無所謂，但他還是忍不住深深地吸了一口氣，告訴自己──

他、不、跟、智、障、計、較。

翡翠沒多加理會半空的斯利斐爾，他彎身把昏死在地的兩名半蛙人拖至離湖岸最近的一棵樹下，讓他們兩人相親相愛地靠在一起，製造出他們是偷懶睡著的假象。

「您不怕他們醒來後，把您攻擊他們的事說出去嗎？」斯利斐爾把焦點轉移到正事上。

「不怕。」翡翠重新又找了個藏身之處，耐心等候著那名叫雷夫的船夫把黛芙蘿雅她們送回來，「他們不敢把這事說出去的，他們對第三隻青蛙，我假設他也是個半蛙人好了。他們對他畏怕又有些不滿，可很明顯，第三隻青蛙的地位高於他們，除非他們想受到責罰，否則他們會緊閉嘴巴，把事情瞞個徹底。」

翡翠的神情淡淡的，但斯利斐爾能從那雙紫色眸子看出堅定的自信。那份信心好似感染了他，讓他不由自主地也跟著相信對方的推論。

等待的時間比預估的還要久。

翡翠沒有一絲抱怨，仍然靜靜潛伏在原來的位置——只是他周遭的金銀葉子和寶石果實都被他摧殘一輪。

他沒忘記自己在打倒兩名半蛙人之前想做的是什麼，他還沒試過銀葉子的味道，金葉子也不能放過，寶石果實和鑽石樹枝自然也不可以冷落。

除了樹枝折不斷之外，其他東西翡翠都咬過一輪了。讓他大失所望的是，這些咬起來就眞的只是冷冰冰的礦石。

還硬得差點崩掉他的牙。

斯利斐爾旁觀完整個過程，心情毫無波動，甚至有種他一點也不意外會有這種發展的感想。

「那些不能吃。」斯利斐爾說，「正常人不會想去吃寶石或礦物的。在知道敵人底細之前，也別試圖帶走它們，以免爲您惹來麻煩。」

「不能賣錢眞可惜……還有，正常人也不會吃晶幣。」

「您是精靈，正常精靈就是會吃晶幣。」

這天沒辦法聊下去了。翡翠直接閉眼休息，免得明晚行動沒有足夠精力應付。反正他耳朵靈得很，若小船回來，第一時間就能發覺到。他趁著自己剛吃飽，乾脆來默背自己那串起碼破百字的名字，順便懷念原世界的美味小吃。

鹽酥雞、香雞排、炸銀絲卷、肉丸、滷味、蚵仔煎、棺材板、東山鴨頭、雞塊、薯條、漢堡、羊肉爐、三杯雞、珍珠奶茶、小芋圓奶茶、烏龍綠、多多綠……

正當翡翠要背到大腸包小腸之際，耳朵尖瞬動。他飛快張開眼，抬起頭。

有艘小船緩緩划出了重重的淡白霧氣，朝著岸邊靠近。

是雷夫載著黛芙蘿雅她們回來了。

小船在湖畔停下，三名少女逐一下船，她們身上看不出什麼異樣，就與來時一模一樣。

見她們似乎沒受到傷害，翡翠的一顆心安放回原地。

最後跳下船的半蛙人瞧見不遠處疑似在打瞌睡的兩個同伴，一股火頓時衝了上來。

「戴夫、傑夫！你們這兩個蠢蛋在搞什麼？叫你們好好留在原地看守，你們竟然睡過去了！你們是豬嗎？簡直是丟半蛙人的臉！」

雷夫大步走過去，氣急敗壞地踢了同伴幾腳。見他們還是毫無反應，氣得從鼻孔裡噴出一口氣。

「好啊，還敢睡這麼死？到時候你們就知道了！新來的就是這麼沒用，我真該叫主人重新把你們丟回池塘裡面，派不上用場的沒用傢伙！」

翡翠沒留下來觀看雷夫整治另外兩名半蛙人的手段。

眼見黛芙蘿雅往原路走回，他悄無聲息地跟了上去，走過長長彎曲的石階，最後再度從那扇暗門回到閣樓。

門板在下一瞬自動關上。

只不過眨眼間，那道連接到寶石森林和湖泊的出入口消失了。

木頭地板平整如昔，完全看不出曾經有過暗門。

✣✣✣

「大小姐、大小姐……」

熟悉的女聲在耳邊不停叫喚，彷彿非得妨礙人的睡眠。

黛芙蘿雅蹙起眉頭，她還想繼續睡，不想那麼快就從舒服溫暖的夢鄉中脫出。

但是聲音還在鍥而不捨地喊著，接著甚至有雙手推晃了她好幾下。

黛芙蘿雅再也忍受不了，她猛地張開眼睛，想看清楚究竟是誰在擾人清夢，她一定要好好地指責對方一頓。

撞入視線中的是一張再熟悉不過的面容。

在她身邊貼身服侍的女僕瑪蒂妲鬆了一口氣，臉上一併露出如釋重負的笑容。

「太好了……大小姐妳終於醒過來了，我本來都要去請醫生過來一趟了。」

一見是瑪蒂妲，黛芙蘿雅那股被人吵醒的怒意登時消散不少。

她一頭霧水地坐起身子，「什麼意思？什麼叫我終於醒過來了？爲什麼還要去請醫生？」

她不是好好地在睡覺嗎？爲什麼瑪蒂妲會一臉喜出望外的表情？

到底是發生了什麼事？

瑪蒂妲很快給出解答，「大小姐，現在已經快中午十二點了。」

「喔，快中午十二點……等等，中午十二點!?」黛芙蘿雅霍地瞪圓了眼睛，嘴巴也不自覺張得開開的。

依照她以往的作息，總是最晚在八點前就會醒來。可今天瑪蒂妲卻說她一路睡到了中午，這簡直不是淑女該有的行爲。

黛芙蘿雅不敢相信自己會做出如此不成體統的事，「我竟然睡這麼晚？天啊，要是被父親、母親知道，他們一定會斥責我太過懶散！」

「老爺和夫人一早就出門了，大小姐不用擔心。」瑪蒂妲連忙安慰，「大小姐有哪裡覺得不舒服嗎？是不是生病了？我還是馬上去請醫生過來好了。」

「不用、不用。」黛芙蘿雅搖著頭，自己的身體情況自己最清楚。她醒來後絲毫沒有感受到異樣，掀開棉被，看到自己身上穿的蕾絲花邊睡衣時，莫名愣怔了下。

「大小姐？」瑪蒂妲早就準備好要換穿的衣物。

「沒事。」黛芙蘿雅嘴上這麼說著，卻無端覺得自己身上該穿著禮服才對。她晃晃腦袋，認爲自己一定是睡太久睡傻了。

她前往洗漱，再回到瑪蒂妲面前，舉起雙手，讓對方幫忙換下睡衣，穿上今日的外出服裝。

看著一身的淡綠洋裝，黛芙蘿雅很滿意，她喜歡這個代表春天的顏色，同時也讓她想起昨日帶回的……

「啊！」黛芙蘿雅驚叫一聲，慌亂地轉過頭，「瑪蒂妲，翡翠呢？說好要陪她到街上走走的，運氣好說不定能找到那個小偷……我居然忘了！」

「翡翠小姐在後面花園呢。她好像很喜歡植物，看著花草的眼神都是閃閃發亮的，很可愛。」瑪蒂妲輕按著黛芙蘿雅的肩膀，讓她轉回身子，再替她打理起一頭長長的金髮，「等等大小姐就可以下樓找她了。」

當瑪蒂妲為黛芙蘿雅別好最後的水晶髮飾，她立即提著裙襬，匆匆地跑下樓，尋找翡翠的身影，就怕冷落了那名令人愛憐的纖細少女。

黛芙蘿雅其實有個不為人知的愛好。

她喜歡漂亮的人事物，尤其對漂亮的女孩子，她更是一點抵抗力也沒有。

但她的父母總是告誡她，正直的人不會受到外力誘惑。

只要想到自己總是輕易就被美麗的女孩們吸引注意力，黛芙蘿雅就有一股心虛感，覺得自己似乎違背了父母的期許。

「翡翠，午安。」來到後花園，發現那抹人影，黛芙蘿雅由衷露出了開心的笑臉。

「午安，黛芙蘿雅。」蹲在花圃前的翡翠站起身，狀似不經意地拍拂肩頭，實際上是把正在他耳邊、面無表情叨唸的斯利斐爾一掌拍飛。

他當然不會光天化日之下就對園裡的可食用花朵下手，要拔也是半夜沒人時再過來拔個精光。

想到今夜也許就能嚐到一頓豐盛宵夜，翡翠不自覺地揚起微笑，頰邊浮現了小小的酒窩。

陽光下，被繁花簇擁的綠髮妖精美得如夢似幻。

黛芙蘿雅忙不迭用手摀著鼻子，在心裡哀號著自己喜歡漂亮女孩的問題又要更嚴重了，她都隱約覺得鼻腔裡有熱熱的液體快流下來。

假如翡翠知道黛芙蘿雅內心的想法，他會告訴她別擔心，這可不是什麼見不得人的毛病。

在他的世界裡——

還給這類人取了一個專業的稱呼。

顏控。

克爾克城今日沐浴在明亮的日光下。

淡金的光線從上灑落，將城裡一切事物鍍上一層淡淡的薄金色澤，就連冷硬的石灰城牆似乎都在閃閃發亮。

與繽紛熱情的塔爾相比，克爾克城的屋子主要由黑灰白三色構成，第一印象給人嚴謹、難以親近的感覺。

但等到真正融入了克爾克的生活，就會發現這裡的居民樂天爽朗，與硬邦邦的建築物呈現強烈的對比。

只不過這一個月以來發生多起少女失蹤事件，警衛隊不斷奔波，至今仍一無所獲，讓這座本該充滿旺盛生命力的城市籠上一層淡淡陰霾。

在家享用過午餐後，黛芙蘿雅帶著翡翠上街。後者披著斗篷，將自身的美貌和顯目的尖長雙耳藏在兜帽裡，背包也一併被他帶上了，重要的物品還是放身邊才安心。

「揹這個上街不會很重嗎？怎麼不留在屋子裡呢？」黛芙蘿雅不解地看著那個有些陳舊的背包，包包鼓囊囊的，似乎塞放不少東西。

「這是家人唯一留給我的……把它帶在身邊，就好像大家都還陪著我一樣……」翡翠垂著眼，小小聲地說。

黛芙蘿雅立刻暗罵自己的多嘴，幹嘛要觸碰別人的傷心事。即使翡翠低著頭，她還是能想像出那張美麗的臉孔上，一定是浮現著堅強又難掩傷心的表情。

她連忙向身後的瑪蒂妲投予求助眼神，希望對方能想出個寬慰翡翠心情的好法子。

瑪蒂妲靈光一閃，比著自己的手腕，用口形無聲地對她的大小姐暗示。

手、鍊。

黛芙蘿雅第一時間先看向瑪蒂妲的手腕，但那上面空無一物，根本沒見到對方說的手鍊。

緊接著她反應過來，抬起了自己的左手。那裡正繫掛著一條精巧的紫水晶手鍊，是前幾天她去某家商店時，店家贈送的小禮物。

黛芙蘿雅瞬間心領神會，瑪蒂妲是說可以帶翡翠去那間店逛逛。

這眞是一個好主意！

「翡翠、翡翠，我們去看鞋子吧！」黛芙蘿雅眼含期待地望著翡翠，「那間鞋店很棒喔，常引進最新款式的鞋子，看漂亮的鞋子會讓人心情愉快的。而且啊，那裡還有一雙非常、非常特別的玻璃鞋呢！」

「玻璃鞋？」

「對呀，用玻璃打造，剔透又閃閃發亮的美麗高跟鞋。雖然是非賣品，可是如果有人想試穿，店長也不會拒絕的。若能剛好穿上，店長還會送妳一條小手鍊喔！」

像要證明自己所言不假，黛芙蘿雅將左腕上的紫水晶手鍊展示給翡翠看。

「妳看，這就是前幾天店長送我的，翡翠妳也肯定穿得上的。」

黛芙蘿雅信心十足地說，她對翡翠有種奇異的自信，沒發現翡翠眼中閃過剎那的利光。

翡翠沒想到線索就像從天而降的餡餅，冷不防砸進了他的懷裡。

從黛芙蘿雅今天的反應來看，很明顯她對昨夜發生的事一點記憶也沒有。他原本已找好聊天話題，要從她嘴裡套出手鍊的由來。

現在答案竟直接自動送到了眼前。

既然紫水晶手鍊是某家鞋店店長贈送給黛芙蘿雅的，就表示那名店長便是半蛙人的同夥，同時也是那個「主人」的手下之一。

換句話說——只要穿得下那雙玻璃鞋，就能獲得等同於通行證的紫水晶手鍊，然後順順利利搭上小船，見到那位神祕的幕後黑手！

「對了，翡翠，我昨天有派人去跟我堂叔說過了，他那邊會多多幫妳留意的。假如妳還有什麼困難，千萬不要跟我客氣喔。」黛芙蘿雅再認真不過地說。

「黛芙蘿雅，妳眞是個好人。」翡翠眞誠地說，「要是沒有碰上妳，我眞不知道該怎麼辦才好。」

被美少女誇獎讓黛芙蘿雅的一顆心差點飄上天。她紅著臉微笑，沒有留意到翡翠背包裡有細微的聲響發出。

「您接下來的計畫是什麼？」斯利斐爾從背包裡冒出，他又像昨天一樣變成迷你體型。他飛快地跳到翡翠肩上，旋即再鑽入對方的斗篷內，既可以確保自己的聲音能被翡翠聽到，又不會被他人察覺。

翡翠嘴唇微動，氣聲飄出，「穿玻璃鞋，拿到手鍊，最後把綁架少女們的凶手給卡嚓掉。」

「聽起來似乎還不錯，但有個最大的問題。」斯利斐爾一貫冷酷地指出這計畫中的最大漏洞，「如果您——」

「我怎樣？」

「您的腳太大，穿不下怎麼辦？」

「怎麼可能？你自己都說過精靈是纖細苗條的種族，而且從來沒有胖子，絕對能穿上的。」

翡翠信心滿滿，但這時候的他忘記一件事，他這個行爲在他原來的世界裡——

俗稱立FLAG。

第6章

黛芙蘿雅要帶翡翠過去的鞋店並不會太遠，就在隔壁一條街。

那裡是一條商店街，聚集多家受到女性歡迎的店面，從點心蛋糕到服飾、鞋子、各種配件……應有盡有，又被稱爲少女街。

平常時候總是人來人往，好不熱鬧。

但這段時間以來發生了多起少女失蹤事件，爲了安全，逛街人潮大幅銳減，變得冷清許多。

「翡翠，就是這裡。」黛芙蘿雅朝翡翠招招手，指著一間櫥窗裝飾俏麗粉嫩的商店，玻璃門上還彩繪出一雙高跟鞋的圖案。

當翡翠隨著黛芙蘿雅踏入那間鞋店，揭下斗篷兜帽的刹那，似乎是店長的瘦高男人馬上以最快速度衝了上來，臉上毫不掩飾對翡翠的驚艷。

「不知道這位美麗的小姐怎麼稱呼？」約瑟夫雙眼放光，視線似乎捨不得離開翡翠一秒。

「約瑟夫先生，這位是我的朋友，她叫翡翠。」黛芙蘿雅一點也不在意自己這個熟客反倒被冷落，她笑呵呵地介紹，他人對翡翠的稱讚令她感到與有榮焉。

「原來是翡翠小姐，連名字都這麼動聽。」約瑟夫張口又是一串讚美，當然，他也沒忘記黛芙蘿雅。他露出熱情的笑容招呼著兩名女孩，「黛芙蘿雅小姐，今天剛好又有新款鞋子，是從北大陸那邊來的喔，樣式和我們這流行的不太一樣，但相當有特色！」

「哇！真的嗎？我想看！」黛芙蘿雅驚喜地說。

「等我一下，小姐們請先稍坐吧。」約瑟夫快步走進內室。

翡翠抬頭，一眼就瞧見那雙有如鎮店之寶，被放在架子最上層的水晶玻璃鞋。玻璃鞋擺放的位置選得巧妙，正好是能充分迎入日光的玻璃窗前。光線輝映之下，剔透無瑕的鞋子折閃出瑰麗的光芒，同時更加突顯其上紋飾和雕花的細膩。

這是一雙讓女孩們難以移開目光的夢幻高跟鞋。

「要是鞋子是由冰糖打造的就更好了。」翡翠覺得那份透明感肯定會更美麗。

「然後您的腳上就會爬滿螞蟻了。」恢復原來體格，但隱去身形的斯利斐爾一針見血地說。

「白痴。」翡翠像要掩去呵欠般摀著嘴，其實是在對斯利斐爾小小聲地說話，「要是我有這麼一雙鞋，哪可能會穿？當然是吃了啊，還可以分成好幾天的甜點吃。啊，喝茶或咖啡的時候還可以直接敲下一小塊加進去，想想就很美妙。」

「想想就不忍直視那畫面。爲了精靈族的形象，務必請您不要這麼做。」斯利斐爾嚴正阻止。

黛芙蘿雅注意到翡翠盯著上方架子的視線，以爲對方也被那雙玻璃鞋迷住了，「就是那雙鞋，很漂亮對不對？等等就請約瑟夫先生拿下來讓妳試穿，翡翠穿上去絕對、絕對很好看的！」

「翡翠小姐想試穿嗎？當然沒問題！」捧著鞋盒走出來的約瑟夫正好聽見這句話。將最新款的鞋子先交給黛芙蘿雅，他興沖沖地伸長手臂，將架子上的玻璃鞋拿下。

見狀，黛芙蘿雅也顧不得試穿新鞋，跟著熱切地注視翡翠脫下鞋子，將有如白玉無瑕的腳掌往其中一隻玻璃鞋套——

套不進去。

翡翠沉默地看著自己尚露在鞋外的腳後跟，再想到自己之前信心十足的那套說辭。

最怕空氣突然安靜……

斯利斐爾對這結果絲毫不感意外。

就算穿上裙子、身材纖細，還有張中性漂亮的臉，也改變不了翡翠是男人的事實。

同樣地，也改變不了他有一雙符合一般男性尺寸的腳板。

黛芙蘿雅本來來到嘴邊的讚美之詞硬生生嚥下。明眼人一看都知道，這不是只差一點點的問題，而是差了不只一點。

面露失望的還有約瑟夫。他以爲這麼美的妖精少女一定會有雙小巧精緻的腳，誰想得到對方居然會有一雙大腳丫。

翡翠吐出一口氣，決定不再自取其辱地收回腳，「看樣子……是我的腳太大了，眞可惜我穿不下。」

「沒、沒關係，這裡還有很多好看的鞋子能夠試穿。」黛芙蘿雅趕忙轉移話題，「約瑟夫先生，你還有推薦的款式嗎？」

「如果要符合翡翠小姐尺寸的話，得花點時間調貨過來。」約瑟夫的熱切減少幾分，但表面上仍維持著禮貌，「可能要等上兩個禮拜左右，翡翠小姐有需要嗎？」

「不用了。」翡翠又不是眞的想買鞋，更何況這邊賣的都是女鞋。要是能扛過三天，他一定第一時間換回男性裝扮，「不過我想問問另一件事，請問這裡的手鍊有另外販售嗎？黛芙蘿雅戴的那條眞的很好看，讓我看了都很心動。」

「這個……抱歉，我們這裡的手鍊是只送不賣。」約瑟夫傷腦筋地說，「只有穿得下玻璃鞋的女性才能獲得，眞的很不好意思……」

「約瑟夫先生，眞的不行嗎？」黛芙蘿雅幫忙請求，「你可以開個價。」

「眞的很抱歉……雖然我是店長，但這間店的老闆另有其人，我也只是被請來做事的。老闆就是這麼規定，萬一我破壞她的規定，可能就要打包走人了。」約瑟夫一臉爲難，態度上則沒有絲毫軟化。

黛芙蘿雅也不好意思強人所難。

就像約瑟夫所說，他也是被人聘請來的，要是做錯了事，上面的老闆將他開除也不過是一句話。

她向翡翠投予歉意的眼神，遺憾自己幫不上忙。

翡翠也不在意，還是笑咪咪地朝約瑟夫道謝。

唯有斯利斐爾瞧見綠髮精靈放在背後的手在虛空寫了一個字。

——偷！

法法依特大陸上有句話是這麼流傳的——月黑風高殺人夜。

翡翠沒打算殺人，他只打算當一回小偷。

他從黛芙蘿雅那邊套到了話，弄清楚鞋店的營業時間。店長在晚上八點就會關起門回家，等到隔天上午九點再來開門做生意。

如果時間再寬裕一點，翡翠會選擇不易被人發現的深夜時分動手。

很不湊巧，他如今最缺的就是時間。

這世界不到兩天就要迎來毀滅。

假如他沒有趕緊將紫水晶手鍊拿到手，很可能就會錯過今夜前往湖對岸的機會，等到隔天就徹底來不及了。

然後他就再也沒機會吃到他心愛的夢幻美鬆餅……

這絕對是不能允許的。

要是世界毀滅前他還沒攢到半毛錢要怎麼盡情吃呀！

爲了未來能吃到美食，翡翠向黛芙蘿雅捏造了他想要在房裡好好休息的理由，阻斷對方中途前來敲門的可能性。

等到差不多九點，他就披上斗篷，開始行動了。

翡翠照慣例沒有落下三顆金蛋，在不驚動大宅裡任何人的情況下，與斯利斐爾翻牆離開，前往了今晚的目的地。

鞋店大門果然緊閉深鎖，店內沒有一絲光源，代表著裡頭無人看顧。

抓緊周邊沒路人經過的時機，翡翠拉上覆面的布巾，粗暴地撬開門鎖，推門進入。

店裡一片黑漆漆，僅能透過街上的路燈間接照明。

朦朧的光線從玻璃窗外灑進，提供翡翠足夠的能見度。他快速在店裡翻找，斯利斐爾則負責另一邊。

店面不算大，裡面還有一間儲藏室專門堆擺鞋盒，像座小山般矗立在牆邊。那裡原來還有一扇小門，推開後是一個小房間，看起來是店長辦公用。

最後翡翠是在小房間的一個抽屜裡找到紫水晶手鍊。

一條條手鍊整齊排放，閃爍著微光。

翡翠沒有只拿一條，他不假思索地把所有手鍊搜刮走，甚至還弄亂了周邊擺設，把這塊區域變得亂七八糟。

斯利斐爾有些潔癖，「您爲什麼要這麼做？」

「讓人以爲是入室竊盜啊。」翡翠將手鍊丟進背包裡，「只拿走一條，針對性太明顯。說不定那個叫約瑟夫的就會懷疑自己是不是被失蹤案查辦人員盯上。但全搶走的話，效果就不一樣了，看起來更像是見財起意。」

「原來如此，在下明白了。」

「明白就走吧，我肚子餓了。」翡翠摸摸肚子，雖然他今日吃了不少東西，但沒有吃晶幣，終究壓抑不住那份從心裡發出的不滿足感。

「要是晶幣吃起來可以換個味道就好了，偏偏是像苦瓜跟青草的結合體……」翡翠回想起那個滋味，眉宇間忍不住擰出一個結，「忘記問了，我一天得吃多少晶幣？」

「先盡量一天一枚。」

「你的用詞太含糊了，不能給個準確的數字嗎？」

「不能。依您現在的能力，那個數字更適合您在夢裡幻想。」

「我合理懷疑，精靈族是缺錢餓死才滅族的。」

兩人來時的行動很順利，卻在準備打道回府之際碰上出乎意料的麻煩。

「誰在那裡！」凶狠的大喝聲霍地在幽黑鞋店裡砸下。

一抹瘦高人影不知何時站在門口處，手裡提著小燈，燈罩中是發光的日核礦。

翡翠與斯利斐爾即刻往後一退，讓自己的身影沒入陰影裡。而藉由那點燈光，讓他們能夠瞧清出聲之人的樣貌。

本該回到家的約瑟夫竟在此時又折回店裡，正好就讓他撞見鞋店被人闖入的光景。

約瑟夫目光一掃，很快就發現躲在陰影處的兩名非法入侵者。

「你們這兩個小偷！」結合被破壞的大門，以及店裡的凌亂，約瑟夫轉眼意會過來自己的店面遭竊了。

想到自己店裡頭最重要的就是那些紫水晶手鍊，他一顆心不禁提至嗓子口，就怕東西已全數被搶走。

那些可是主人給的重要魔導具，數量有限，要是沒了，自己絕對會受到嚴厲懲罰！

約瑟夫是見識過主人手段的，即便他是一名大男人，都忍不住遍體生寒，控制不住打了一個哆嗦。

「把你們偷的東西立刻交出來，我還能放你們一馬，否則的話……」約瑟夫陰沉著臉，腳跟一勾門板，關上了鞋店大門。

接著他朝牆壁角落一摸索，多面布簾瞬間降下，將玻璃窗遮掩得密實，連帶隔絕了外界窺探的可能性。

接下來不管發生什麼事，屋外的人都不會知曉。

翡翠可不想和約瑟夫僵持在這裡，要知道他的時間可是相當珍貴的。他捏住拳頭，二話不說就朝那抹擋在門前的人影衝過去。

雖然暴力不能解決所有問題，卻可以解決大部分問題。

約瑟夫愣了下，似乎沒預料到竊賊會直接朝自己撲來，一看就是想使用強硬手段。

他從喉嚨裡發出怪異低吼，那聲音乍聽之下更接近某種野獸的咆哮。與此同時，他的上半身出現異變，衣服底下身軀膨脹，將上衣撐破。暴露在燈光下的是變成棕褐色的黏滑皮膚，黑色斑點散布其上；腦袋也變得寬扁，兩隻眼睛被擠到邊側，陷入皮褶裡，不仔細看還難以發覺存在。

不過短短時間，約瑟夫竟成了疑似半人半魚的詭異生物。

翡翠揮出去的拳頭並沒有因此減速。

就算見到面前的男人變成怪物，那拳依舊挾帶勁風，迅猛地招呼到約瑟夫臉上。

約瑟夫被一拳揍倒在地，撞到身後門板，發出響亮的聲響。

那聲音驚動了正巧路過的警衛隊，立刻有一名警衛隊員前來查探情況。

鞋店大門被敲得大響，伴隨的還有警衛隊員的高聲詢問。

「有人在裡面嗎？是約瑟夫先生嗎？」

只要屋裡沒人回話，就表示製造出聲響的恐怕是宵小分子，那麼警衛隊就會立即破門闖入。

約瑟夫不會沒想到這點，假如他還維持著人類姿態，一定會向警衛隊大聲呼救。可現在他暴露了身分，一旦被發現是魔物，那麼他就別想在克爾克城待下去。

敲門聲還在繼續。

一腳踩上他身體的斗篷小偷一副肆無忌憚的態度，明擺著不怕警衛隊員進來察看。別無他法之下，約瑟夫只能憋屈地忍痛出聲，「是我！我是約瑟夫！我回來拿點東西，結果看到一隻好大的老鼠！」

那名警衛隊員認得約瑟夫的聲音，聽見是鞋店老闆回話，他放下心，回到隊伍裡，一群人便前往下一個地點巡邏。

「他們走遠了。」斯利斐爾站在窗邊，掀開窗簾一角，「您可以繼續您的事了。」

約瑟夫浮現不妙的預感，可還來不及從翡翠腳下逃脫，眼前便先迎來一片陰影。緊跟而來的是腦袋一陣劇痛，恍惚間還能看到許多金星在他眼前飛轉不停。

翡翠把充當凶器的背包再揹回去，朝斯利斐爾一勾手指，示意可以閃人了。

約瑟夫甚至還沒從疼痛中回過神，就被翡翠當成踏墊，讓他岔了一口氣，生生暈厥過去。

黛芙蘿雅家裡的人絲毫沒發現他們的客人曾溜出去過。

回到客房裡，翡翠從背包拿出一條紫水晶手鍊反覆察看。那晶瑩剔透的圓形結晶體就像一顆顆串連在一起的紫葡萄。

「要是手鍊是葡萄味的該有多好。」

「在下相信，廣大女性只想要一條沒有任何甜味的正常水晶手鍊。」

「我又不是女的。」翡翠將手鍊往自己手腕戴上，晃了晃，確保不會滑脫下來，「話說剛剛那個上半身有點像魚的傢伙……」

「那是山鯢人。」斯利斐爾知道翡翠想問的是什麼，「和半蛙人差不多，都是低等魔物。」

「低等魔物能變成人？」翡翠懶得翻腦中的知識了，反正那也是一本缺頁缺很大的百科全書。

「不能。」斯利斐爾回答，「除非是高等魔物，才能短期化出人形，或是看起來接近人形。」

「那爲什麼那隻山鯢人能變成人？噢……那個祕藥嗎？」翡翠自己先想到了可能答案，「主人有給他們祕藥，既然能變得更強壯，那麼短時間變成人也不是不可能的。」

翡翠很快就對山鯢人失去了興趣。對方要是長得好吃一點，或許他還會願意再從斯利斐爾口中多挖點消息。

他將目光落至腕上的紫水晶手鍊。從黛芙蘿雅昨夜有如陷入夢遊的舉止來看，這東西除了是個通行證，應該還有著迷惑人心、操控持有者行動的效用。

拿回去塔爾分部應該能換到不少錢吧？翡翠瞬間就為剩下的紫水晶手鍊想好了未來去處。

「對了，既然這是魔法道具。」翡翠舉起手腕，晃晃上面的手鍊，「為什麼我感受不到一絲魔法波動？精靈族天生擅長魔法，與自然元素還相當親近吧？照理說……」

「您只是一顆受精卵。」斯利斐爾平鋪直述地潑了一盆冷水，「您當然什麼也感受不到。」

「那未來呢？」

「只要受精卵有機會長大的話。」

「你還不如直說只要我先能活過三天就行。」翡翠踢掉鞋子，窩上床鋪，裙子因豪放坐姿而被掀撩到大腿根，露出了他的四角內褲，「確定我扮成女人三天，就能換到世界繼續存活的時間？」

「眞神傳達的旨意是這樣沒錯。雖然眞神沉眠了，但祂們仍能感知到世界的動態，祂們給予的任務都有其意義存在。就算我等現在不知，之後也必定會明白。」斯利斐爾以挑剔的視線掃向那件毫無美感的內褲，他還是覺得應該換上最開始他準備的蕾絲款才對，「您現在可看不出來半點像女孩子的地方。」

「現在又沒人在看。要不是怕穿衣時間不夠，我睡覺還想裸睡呢。」翡翠伸長手臂，把放到不遠處的背包勾過來，扔進了斯利斐爾懷中，假裝沒看到對方聽見「裸睡」兩字表現出的露骨嫌惡，「我的蛋給你看管一下，我不確定我睡著後，這手鍊會讓我做出什麼事。」

「在下明白，在下會妥善保管。」斯利斐爾做出承諾，「假設您在無意中想傷害您的子民，在下會出手將您揍醒的，還請務必不用擔心。」

翡翠哼了一聲，別以爲他聽不出斯利斐爾話裡流洩出濃濃的躍躍欲試。就知道這傢伙想趁機報復，也不過就是吃了他兩次而已嘛。

依照昨夜的經驗，紫水晶手鍊大概會在半夜一點多時發揮效用。在這之前的空檔，翡翠打算多睡一點。

他被子一拉，雙眼一閉，幾乎是腦袋沾到枕頭的瞬間就進入了夢鄉。

斯利斐爾抱著背包，挺直地坐在床邊，頎長的身影在燈光照耀下，宛若一座巍然屹立的大山。

時間在寂靜中一分一秒地流逝。

斯利斐爾如同入定般，打從在床邊坐下後就不曾改變姿勢。他側臉冷峻，紅棕的眼珠就像無機質的寶石，連丁點人氣和溫度都沒有。

直到床上陷入沉眠的人倏地有了動靜。

斯利斐爾的視線第一時間轉回，頓時像從雕像變成了活人。他站起來，與床鋪稍微拉開距離。

床上的綠髮青年睜開雙眼，紫色的眸子彷彿罩著氤氳的霧氣，缺乏平時的神采，就像陷入夢遊中的患者。

他像是沒發現到旁邊站著人，自顧自地掀開被子下床，來到衣櫃前，打開櫃門，從裡頭拿出了黛芙蘿雅借給他的漂亮衣裙。

斯利斐爾對男人換衣服的畫面一點興趣也沒有。

窸窸窣窣的換衣過程片刻後結束，穿上鵝黃洋裝的翡翠緩緩往客房大門走去。眼看就要伸手打開門，一股強悍的力道猝不及防地勾住了他的腰，將他大力往後一拉。

腰肢上驟然傳來的疼痛讓翡翠瞳孔收縮，霎時像從重重迷霧中清醒過來。

他皺起眉，略帶茫然地低下頭，看見腰間圈著一截木頭，顯然就是方才勒得他一口氣險些上不來的原凶。

隨即他又發現身上衣物與睡前不同，自己此刻的打扮簡直像要去參加舞會。

翡翠頃刻間梳理完來龍去脈。

他睡著了，然後他被紫水晶手鍊操控。如果不是斯利斐爾弄醒他，估計他接下來就會和昨晚的黛芙蘿雅一樣，沒有記憶地到達寶石森林，搭上小船前往「主人」的大宅。

翡翠豎耳傾聽，目前還沒捕捉到有人外出走動的聲響。或許黛芙蘿雅還在換裝，也或許她今日沒被呼喚。

有不少少女從鞋店老闆那獲得紫水晶手鍊，但至今下落不明的只有七位，代表著不是每個戴著手鍊的人都會進入那個神奇的空間。

而他第一次戴上就中獎了，也算是強運的一種吧。

「麻煩可以把抵在我腰間的那玩意拿開了嗎？」翡翠扭過頭，看著斯利斐爾拿在手裡的長長木杖，最頂端是一個倒勾形狀，剛好把他的腰給圈在裡面。

斯利斐爾依言鬆開手，「這是您的雙生杖。」

「我的……什麼？」翡翠確定每一個字他都聽得懂，但組合在一起就變成了他難以理解的東西。

「雙生杖。」斯利斐爾將木杖遞給翡翠，「精靈的專屬法杖，每位精靈在誕生不久後……」

「先等等，路上再解釋。」翡翠忽地打斷斯利斐爾，抓起背包揹上就往客房外跑。

他聽到外頭的動靜了，看樣子黛芙蘿雅今天仍舊受到召喚。

透過樓梯間晦暗的光線，翡翠瞧見一抹窈窕人影提著裙襬，和昨夜一樣，正往閣樓前去，彷彿將赴一場重要邀約。

翡翠不加思索地拔腿就跑，只不過路線不是往上，而是往下。

「您在做什麼？」斯利斐爾難以置信地問，「您的眼睛瞎了嗎？閣樓在上面！」

「但掌心饅頭在下面的廚房。」翡翠嚴肅正經地說，「我晚餐時聽到這裡的女僕說了，掌心饅頭已經蒸好，要靜置一整夜，會變得更鬆更軟，讓人咬下去後，滿嘴都會充斥著奶香與甜酒的氣息。現在都已經半夜，也靜置得差不多了，它正在呼喚我過去。」

「所以您就要去偷？在這種緊要時刻？」

「我只是要攜帶宵夜，免得路上挨餓。而且我算過了，依照黛芙蘿雅的速度，我衝到一樓廚房再衝上去，鐵定能在那個洞窟的石梯上追到她。」

「是任務重要，還是宵夜重要？」

「廢話，宵夜重要。吃才是重點，阻止世界末日來臨只是順便。民以食爲天，這可是我們那世界的名言。」

斯利斐爾寒著臉，一把奪過翡翠的雙生杖，不客氣地再次從後勾住對方的腰，將人粗魯地扯拽回來。

「請您現在立刻馬上，上去！」斯利斐爾的措詞有禮，還不忘把法杖交還回去，但那句話聽在翡翠耳中就和「你他媽的快滾上去」差不多。

眼看斯利斐爾像座跨不過去的障礙阻擋在樓梯間，翡翠惋惜地彈下舌頭，只好忍痛放棄他肖想一整晚的掌心饅頭。

他匆匆追上去，在前面樓梯看見了黛芙蘿雅的身影。

黛芙蘿雅的速度竟然比昨天快上許多，就好像有股無形的力量在催促她。

翡翠一個愣神，穿著晚禮服的金髮少女就消失在他的視野中，步入小閣樓裡。

翡翠不敢再耽誤，急忙加快腳步，三步併作兩步地一口氣追上樓，正好看見那扇熟悉的暗門再度出現。

黛芙蘿雅走進暗門內的通道，那抹亮色人影猶如被一張大口吞入。

翡翠提著木杖一個箭步追近，跟著踏上那條彎彎曲曲的長長石階。

兩條發光的紫水晶手鍊一前一後地提供微弱光明，連帶地將石階上走動人影的影子拉得歪歪斜斜。

「斯利斐爾，你可以開始你的演講了。」翡翠頭也不回地說。

「在下並沒有要演講，在下只是要為您解釋雙生杖的存在意義。雖然在下更想說，您爲什麼不讀取眞神賦予您的知識？」剛剛不讓他說，現在斯利斐爾脾氣上來，不想說了。

「你不說也沒關係，我是沒差啦。但如果我不小心把它弄壞了，又剛好它是個重要的東西……」

「您有點討人嫌。」

「誰讓我的身邊就有個負面教材的存在。」

唇槍舌劍的結果就是斯利斐爾落敗，他的咂舌聲在幽深通道間迴響，卻沒有驚動前方的金髮少女。

黛芙蘿雅宛如夢遊一般，一步步往下走著，鞋跟在石面上敲擊出噠噠聲響。

「每個精靈誕生不久就會運用自己體內的能量，製造出一根法杖。這根法杖等同於精靈的半身，又稱爲雙生杖。」

斯利斐爾走起路來則是無聲無息，那缺乏人氣的嗓音在他行走間飄盪下來，周遭的溫度似乎隨之染上霜凜之意。

「一名精靈一生只有一根雙生杖，若毀壞，便再也無法復原。以雙生杖使用魔法，能夠使得力量加倍。」

「那如果使用一般法杖呢？」

「那就只有一般效果。」

翡翠聽到這裡差不多明白了。換句話說，他手上的這根雙生杖等於力量增幅器般的存在。

「等等。」翡翠驀地想到一個疑點，「既然這玩意是我的半身，爲什麼是從你手中變出來的？」

「因爲您還只是一顆受精卵。」斯利斐爾很樂意一再提醒翡翠這項殘酷的現實，「您需要您的雙生杖來防身，但現在的您尚無法運用體內能量，所以在下才不得不出手協助。」

翡翠腦筋轉得飛快，一下就抓到關鍵，「難不成在拉瑞蘭山道，你入侵我腦子的時候開始弄的？」

也只有在那時候，斯利斐爾進入他的意識，操控他的身體，而且他還剛吃下不少能轉換成能量的晶幣。

「太好了，在下很慶幸您還有智商。在下原本很擔心您的腦子除了食物，就連一點有用的東西都沒有了。」斯利斐爾語帶欣慰地說。

「爲了吃到更多好吃的，我的智商一直都在線上。」翡翠不是很在意來自斯利斐爾的人身攻擊。他舉高法杖，東瞧瞧西看看，對這根木頭的樸素外表很有意見，「我能改變它的外觀嗎？它看起來實在……」

「不好吃。」才經過兩天的相處，斯利斐爾已能流暢地把翡翠未竟的話補完，「您可以試著想像看看，那畢竟是您的雙生杖。」

聽斯利斐爾這麼一說，翡翠握緊法杖，開始盡情地想像起來。

整體仍有些粗糙的木頭長杖在下一刹那漸漸起了變化……

首先它的表面變得越發光滑，像被細細打磨過。接著棕色褪去，取而代之的是一層又一層鮮艷色彩，紅白綠間隔分明地一圈圈纏繞，直到裏遍全部杖身。

乍看之下，翡翠手裡舉的活像是一根特大號的拐杖糖。

「在下必須提醒您，雙生杖是不能吃的。」斯利斐爾冷漠地說。

「看著能增加食欲就行了。」翡翠才不會跟對方說，他的確有想咬一口試吃的衝動，「先問清楚，它能縮小吧？要不然我帶著這根也太顯眼了。」

「那是您的半身，您的雙生杖。」

翡翠自動解讀成他可以隨心所欲改變的意思。他腦中剛默唸「縮小」兩字，巨型拐杖糖果然改變尺寸，最後成了巴掌大的法杖。

翡翠將法杖往胸口內一塞，與斯利斐爾快步追上不自覺再度加快速度的黛芙蘿雅。

他們三人匆匆穿越輝煌閃耀的寶石之森，身體無意間擦過了金銀葉片和鑽石樹枝，發出清脆的晃響，就像一串串鈴鐺同時在林中叮鈴搖曳。

還沒走出樹林，翡翠一眼就望見停在湖岸的小船，以及一名披覆斗篷的半蛙人。

「把你自己藏好。」他側頭對著斯利斐爾輕聲說。

斯利斐爾採取和昨夜相同的動作，他縮小自己，有如一陣旋風般躲進翡翠的口袋。

「還好黛芙蘿雅借我的這套衣服有口袋，不然我可能就得把你塞進胸口裡了。」翡翠說道。

「請恕在下嚴正地拒絕。」斯利斐爾用全力表達出他的抗拒。

翡翠把那顆冒出來的銀色小腦袋按下去，迅速調整好面部表情，做出一副自己像是沉浸在夢遊狀態的模樣，尾隨著黛芙蘿雅一塊來到船夫面前。

今天守在此處的是半蛙人雷夫。他從兜帽下打量今日被召引到此處的兩名少女，目光在觸及綠髮人影時頓地眼睛一亮，強烈的驚艷在眼中浮現。

約瑟夫那傢伙挺厲害的嘛！沒想到在短短一天之內，又找到了一名那麼美麗的少女，甚至遠遠勝過他之前爲主人尋找的。

雷夫很快又注意到翡翠那雙異於常人的尖耳朵，他差點要倒抽一口氣。妖精的價值和人類相較起來，可是高出太多太多了。

憑那名綠髮少女的美貌與妖精的身分，主人一定第一天就會將她留在身邊，不再讓人有離開的機會。

雷夫心裡清楚，這可是非常重要的商品，運送途中不能出一絲差錯，萬一弄掉了根頭髮，主人說不定都會勃然大怒。

翡翠猜不出那名半蛙人爲什麼突然主動扶自己上船。要知道，昨夜對方頂多就是揮手催促。他忍住想要反擊的衝動，表情放空，努力僞裝成一具任人擺布的人偶。

待兩名少女都坐上船，雷夫擺動船槳，划著小船向湖泊另一側前進。

翡翠不著痕跡地觀察起四周情景，深藍的湖水顯得平靜，隨著小船的行駛被帶出一圈圈向外擴散的漣漪。

小船來到湖中央，乳白色的霧氣飄繞過船上三人，為湖上增添一抹朦朧與迷離。

划出白霧的範圍，就能見到岸上不遠處矗立一座壯麗的豪宅，裡頭燈火通明，隱約還能聽見悠揚的樂聲飄揚出來，似乎正在舉行盛大的晚宴。

隨著小船停靠岸邊，原本昏暗的地面忽地亮起光芒，竟是一排排水晶蠟燭燃起。

小巧的焰火一路往前延伸，直沒大宅之前。

雷夫領著兩名被選中的少女向前走，左右兩側的水晶蠟燭就像在迎接賓客的到來。

他們走到了緊閉的大門，雷夫踏上石階，恭恭敬敬地敲了敲門。

幾秒時間過去，厚重門扉悠然朝內開啟，滿室燈光流洩而出，樂聲變得更加響亮。

雷夫退到一邊，讓路給兩名少女通過。

翡翠模仿著黛芙蘿雅的動作，目不斜視地跟著她走進屋內，踏上編織著金絲的紅絨地毯。

當兩人身影完全被門口吞噬，大門在沒有任何外力影響下自動關上，將雷夫獨留在外頭。

這棟華貴的大宅，只接受美麗的存在。

第7章

如同翡翠的猜想，會在外頭設置寶石森林與水晶蠟燭，「主人」的住處果然也金碧輝煌。處處能見華麗的裝飾，耀眼的水晶枝型吊燈懸掛在上，將屋內映照得亮如白晝。

棗紅色的窗幔被銀繩繫綁起來，窗下的矮几擺立著細高的花瓶，瓶裡是一簇簇散發出藍白光華的潔白花朵。

「那是夜光菊。」斯利斐爾神不知鬼不覺地爬至翡翠肩頭，低聲爲他解說，「在黑夜裡會發光的花，與日核礦有些相似。」

「喔。放在我們那邊說的話，就可以當成是停電時的緊急電源了吧。」要不是礙於眼下情形不明，翡翠很想抽一朵花來研究看看，「能吃嗎？」

「不能，會拉肚子。」斯利斐爾冷酷地宣告吃花的下場。

兩人交談的音量壓得極低，假如讓旁人來看，甚至難以察覺翡翠有張口說話，他的嘴唇只是不明顯地微動幾下而已。

走在前頭的黛芙蘿雅則是從頭至尾都未曾發現後方的異狀。心神像被奪去的她，有若一名被人操控的人偶，只能隨著無形之線擺弄行動。

翡翠看著她走進宴會大廳，接著便目睹怪誕又詭異的一幕。

樂聲伴奏下，無數名披著斗篷、遮住面貌的人影，在舞池處相擁著翩然起舞。

他們踩踏出整齊的舞步，前進、後退、旋轉，每個人的動作好比是複製出來的，沒有一絲差錯。

眞像一票複製人大軍在跳舞啊……翡翠在內心評論，表面不動聲色，隨著黛芙蘿雅穿過舞池裡的那些古怪人影。

從他的角度看不清那些人斗篷下隱藏的外貌，隱約只覷見一團晦暗的陰影。

他們通過了舞會大廳，再度進入一條鋪著金邊地毯的走廊。牆上遍布不規則的細紋裝飾，每隔一段距離便置立著鎏金燭台，上面的燭火在燃燒時散發出淡淡的香氣。

走廊上除了黛芙蘿雅和翡翠之外，便再無其餘人影。

翡翠順勢摘下自己手腕上的紫水晶手鍊。這東西再戴下去也不曉得會發生什麼事，保險起見，還是趁早拿下得好。

他們經過了許多房間。

有的是單純的白木門。

有的門上鑲嵌著寶石燈罩，燈裡放著發光的礦石，散發出來的光源染上色彩，使得塗刷白漆的門板隨之改變顏色。

紅色、黃色、綠色、黑色、藍色……

越往走廊深處走，蠟燭燒灼而散發出的香味越來越濃馥，彷彿要滲入四肢百骸。

終於，黛芙蘿雅來到一扇房門前，這裡似乎就是她的目的地。她先是抬手敲了敲，直到門內傳來一聲清脆的「進來」。

翡翠能聽清那道聲音，他心裡微訝，那分明是屬於年輕女孩所有。

難道說，半蛙人和山鯢人的主人，策劃多起少女綁架案的幕後黑手……竟然是一名少女嗎？

下一刻，黛芙蘿雅的言行證實了翡翠的猜測。

只見金髮少女提起裙襬，恭謹地朝門的方向欠身行禮，「好的，主人。」

簡單的兩個音節，讓翡翠反射性與斯利斐爾對望。

弄出這一切的，居然真的是一名年輕的女性！

被操縱心神的黛芙蘿雅依然沒察覺翡翠的存在，自然更不會知曉他們的驚愕。門後傳出回應後，她漾起滿足的笑容，旋開門把，推門進入。

翡翠想讓變小的斯利斐爾潛入房內監看，但又怕此舉打草驚蛇，主動暴露了他們的行蹤。

正當他陷入猶豫之際，霍地發現房門並沒有完全關上，還留下一條三指寬的縫隙。這個大好機會讓他眼神驟亮，馬上貼著牆邊，小心翼翼地側頭往內觀看。

房內光源充足，相當明亮，除了奢侈的寶石燈罩內放置著發光的礦石，還有多顆碩大的夜明珠隨意擱置。地上鋪著華貴的地毯，以金銀和暗色絲線繡出精緻的盛綻花朵。

黛芙蘿雅走在上面，就像是走入一片暗香浮動的花海。

黛芙蘿雅走到了正巧對著門口的梳妝台前，她在鏡前坐下，接著便一動也不動，有若一尊乖巧的洋娃娃。

下一秒，房內的另一抹人影進入了翡翠他們的視野。

少女身形高挑優雅，令人想到湖水的淺藍色髮絲紮綁成長短不一的雙馬尾，髮梢末端呈半透明，乍看之下好似水波盪漾。

她來到黛芙蘿雅身後，鏡裡映照出一張雪白到近乎透明的面龐，一雙眸子宛如大海般深邃。她的頸間纏繞著一圈蕾絲緞帶，穿著水藍色斜肩小禮服，左肩至左胸之間暴露出大片雪白肌膚。那裡繪製著奇異妖嬈的圖紋，像植物枝蔓纏繞至肩頭，近胸前的部位點綴著一顆銀白色結晶，像是不明寶石。

少女五官艷麗卻又帶著一絲鋒銳，揉合出了奇異的魅力。

她低低地笑出聲，皎白的手指摘下黛芙蘿雅的髮飾，拿過梳妝台上的一把梳子，一下下地梳理起那頭秀髮。她動作輕柔，眉眼專注，眼尾彷彿還染著憐愛之情，就像在對待一件珍貴的寶物。

從頭到尾，黛芙蘿雅都維持著不動的姿勢，臉上猶然帶著淺淺的笑，可眼神卻是空茫而缺乏神采。

藍髮少女似乎一點也不在意，她熱衷於將黛芙蘿雅的頭髮打理得漂漂亮亮，還從梳妝台上的珠寶盒裡翻出了一個珍珠髮飾，細心地爲對方別上。

「妳看，多好看。」她雙手搭著黛芙蘿雅的肩頭，拊在對方耳畔說，「女孩子是世界的瑰寶，就是要爲自己打扮得漂漂亮亮。好看的首飾，好看的衣服，還有好看的鞋子，都是爲了女孩子而存在的。而如此美麗的女孩子……」

藍髮少女冷不防地抬起眼，笑容靡麗。目光透過鏡子的反射，不偏不倚地和躲在門外的翡翠對上。

「都是爲了成爲我的收藏品而存在的。妳說對嗎，闖進來的小蝴蝶？」

被發現了！

從什麼時候開始？還是說打從自己一進來這間屋子，對方就有所察覺了？

問題接二連三地在翡翠腦中翻滾，身體則反射性採取了動作。他飛快地收回窺探的視線，背部抵著牆，還沒思索出下一步，一雙紫眸先吃驚地睜大。

前一秒還是空無一物的走廊上，這一秒平空出現多隻水藍色蝴蝶。

翡翠又眨了一次眼，這次他確定自己沒眼花看錯，那些蝴蝶竟全都是由水化成的。

它們有著透明的身子，翅膀搧動間會產生不規則的扭曲，彷彿隨時會有豆大水珠滴墜下來。

水蝴蝶在翡翠面前翩然飛舞，同時他身側的房門立即重重關上，把房內景象全數隔絕，像是不容他人再窺看。

「水做的蝴蝶。」翡翠像自言自語般表達對眼前景象的驚訝，實際上是爲藏起的斯利斐爾說明眼下狀況，「感覺挺像……」

Q彈的果凍。

最末幾字翡翠來不及說，因爲水蝴蝶下一刹那嘩啦解體，旋即站立在他前方的，赫然就是剛才房裡的藍髮少女。

克爾克城少女失蹤案的主謀！

「小蝴蝶，妳是怎麼進來我這的？」藍髮少女歪著頭，笑吟吟地問，「不過不說也沒關係，妳長得太好看了。我喜歡妳，我想爲妳穿上最美的衣服，纏上最華美的紫水晶手鍊，戴上最貴重的首飾。妳喜歡紅寶石、藍寶石，或是綠寶石呢？只要妳留下來，永遠不走……」

「我拒絕。」翡翠對不能吃的東西一點興趣都沒有，再怎麼美麗的寶石甚至都比不上一片餅乾。

「不行啊，這是我的領域，妳的拒絕是無效的。」藍髮少女咯咯笑起，抬起的手指間驀地出現水流，淡藍液體就像活物一樣，在她指間繾綣纏繞，「不過這還是第一次有人成功找到我這裡來。我們來玩個小遊戲吧，妳贏的話，可以提出一個條件交換。」

「如果說，我想要把克爾克城失蹤的那些女孩子都帶走呢？」翡翠直截了當地提出他的要求。

「我好不容易蒐集來的收藏品，當然不能這麼簡單讓出去。」藍髮少女豎起一根手指，「一個，只能一個。妳贏了遊戲，我就放走一個，妳可以隨意挑選妳想要哪一個。如何，要不要答應？其實不答應也沒關係。」

「只是會直接把我也留下，對嗎？」翡翠一眼就猜出對方的意圖。

藍髮少女笑得更歡。這是她的地盤，她的領域，一切都是她說了算。她大可以直接把這名美麗的綠髮妖精留住，但玩個小遊戲能打發時間，何樂而不為呢？

更何況，她也只說會放走一個呀。

從來就沒有答應過，會讓那名綠髮妖精離開。

「小蝴蝶，我是露娜莉。」藍髮少女手掌朝上攤開，水流瞬間形成一個搖鈴。她握住搖鈴，晃動幾下，叮鈴的聲音清脆響動，「妳聽過『鬼抓人』這個遊戲嗎？」

翡翠聽過，但他不確定異世界版本的會不會不一樣。

藍髮少女自顧自地說下去，「等一下我搖鈴，遊戲就會自動開始。走廊上都是我的收藏室，但只有一間是我最喜歡的，妳想帶回去的女孩們就藏在裡面。只要妳發現了目標，就伸手碰觸一下。」

她頓了頓話語，如花瓣的嘴唇彎起不懷好意的弧度，很樂意把規則再說得更詳細一些。

「如果成功找到三個人，就算妳贏。不管妳找到誰，我會依約定放走妳指定的那個人。找錯了，那個被妳碰觸過的東西就會成爲鬼來抓妳。第二次是提醒，而當第三次鈴聲響起，就表示遊戲時間結束。我不會出現在遊戲中干擾妳，但我要先提醒妳，我的收藏品非常多、非常多。最重要的是，它們在遊戲裡不一定維持著原先的模樣。」

翡翠眉毛隱隱抽動了下，換句話說，他得摸瞎找了對吧。

露娜莉沒有再給翡翠發問的時間，她的身影眨眼化成水流，獨獨留下搖鈴還飄浮在半空中。

下一瞬間，水鈴搖動，清冽的鈴聲在整棟屋子裡迴響著。

那是第一聲，也是宣告遊戲開始的聲音。

「我可不喜歡玩遊戲……」翡翠嘴上嘟囔，雙腿倒是率先邁開跑起。

從現在開始，走廊上的任何房間都對他開放，讓他能夠如入無人之境地尋找目標。

但這樣寬鬆的條件，同時也代表著露娜莉的篤定——她相信翡翠一定找不出來。

「那個叫露娜莉的，恐怕是一名魔女。」斯利斐爾坐在翡翠肩上說，「從她的力量來看，明顯還是一位水之魔女。」

翡翠終於願意調動腦內的知識，好在有關魔女的介紹並沒有遺漏。

魔女是指天生就能使用魔法的人，大多是女性。後來就算男性有稍微增加的趨勢，習慣上也還是以「魔女」稱呼。

與魔法師不同，魔女不須喃誦制式的咒文。她們的言語本身就是禱詞，並不用像法師一樣，請求眞神賜予她們和元素溝通的能力。

可同時，每位魔女只具備著和一種元素溝通的力量，一輩子都無法獲得其他元素的援助。

「也就是說，如果露娜莉是魔女，她就只能使用水系的魔法？」翡翠嫌裙子太礙事，一瞄見立在窗前的花瓶，毫不猶豫地就把花瓶往地上砸，再拾起一塊鋒利的碎片，當場把長裙改成了到大腿處的短裙。

「您這是在毀壞他人物品。」露娜莉消失，斯利斐爾就從翡翠身上躍下，恢復了形體，「而且這很不淑女。」

「再淑女下去，我就要變成他人物品了。」翡翠收起碎片，預防之後派上用場。他拿出自己的法杖，心念一動，法杖立即伸長，遠看就像一根大型花俏的拐杖糖，「那個魔女可是在玩文字遊戲。她只說我贏了之後會放走一個人，懂嗎？是放走，而不是讓我帶著人離開。她剛也說她不會干擾我……」

「不代表她以外的存在就不會干擾您。」斯利斐爾又豈會沒察覺露娜莉話中的漏洞，「在下會協助您的，您可以告訴在下您想要摸哪一個收藏品。」

「除了做這種事之外呢？」

「您無聊，在下能陪您聊天。您怕黑，在下能幫您點燈。您怕寂寞，在下可以待在您身邊。」

「了解，一如往常地派不上用場。你難道就真的沒有一點力量嗎？虧你還是真神代理人。」

「如果在下有的話，那麼現在早就沒您什麼事了。」斯利斐爾推了下鏡片，淡淡睨了翡翠一眼，轉身推開一扇打上紅色燈光的門，「您去負責另一邊吧，請記得待在彼此都能找到的範圍內。」

翡翠得承認斯利斐爾說的話很有道理。

要是真神代理人有足夠的力量，也不用把他這個掛掉的人拉到這世界來了。

當然，他也就沒機會吃上對方兩次了。

雖然無法品嚐出滋味，但只要一回想起當時在純白空間裡見到的絕世美鬆餅，翡翠就忍不住嘴饞地舔舔唇。

此時已進入紅色房間的斯利斐爾無端背生寒意。

依照斯利斐爾的交代，翡翠沒有走得太遠，他直接折回最初見到水之魔女的房間。

雪白的房門被他推開，房內果然早就空無一人，不論是露娜莉或是黛芙蘿雅，都不在這個華美的空間裡。

他大略掃視一圈，沒有發現疑似收藏品的存在。

既然是收藏品，那麼露娜莉應該不會隨處放置，而是會和其他擺飾明顯區分。

「主人！」

斯利斐爾的聲音忽地從另一端傳來，似乎是有所發現。

翡翠一直覺得可以把「主人」兩字唸得像在喊「智障」，也算是種不得了的天分。

他握著法杖，快步跑至紅門房間。剛踏進去，就因一室的人影反射性煞住腳步。

「哪來那麼多人……」翡翠在看清人影的外貌後，嘴裡又迸出了一個字，「偶。」

紅房間充斥的是大量人偶。

它們一律有著少女的外貌、紫水晶的眼睛，雕刻精細，栩栩如生。彷彿下一瞬便會獲得生命，成了真人甦醒。

它們姿態各異，有的佇立在純白的展示台上；有的被細絲縛繞，懸吊在天花板下，看得人頭皮發麻。

斯利斐爾從一座展示台後繞出來，「在下看見了疑似黛芙蘿雅的人偶。」

「你後面不會想加個『但是』吧？」翡翠跟著斯利斐爾往內走。

紅房間比預想的還要寬敞，大約是翡翠在黛芙蘿雅家客房的三倍大。

「但是……」斯利斐爾不負他所望地重複那兩字，「不只一個。」

翡翠沒有問不只一個是什麼意思，因為答案直接擺在他的眼前。

有兩名人偶，長得與黛芙蘿雅一模一樣。

「那邊還有第三個。」斯利斐爾說出了更加殘酷的事實，他在潑冷水方面向來不遺餘力。

翡翠揉揉臉。現在紅房間裡有三個長得和黛芙蘿雅一樣的人偶，它們裝扮不同，與黛芙蘿雅今夜穿的禮服也沒有一絲相似。

問題來了，其中一個究竟是不是黛芙蘿雅，或是單純要擾亂人的障眼法？

斯利斐爾以為翡翠會為此苦惱上一段時間，畢竟選擇錯誤將會製造出一名敵人。

可沒想到，翡翠下一秒便果斷出手。

綠髮青年二話不說就摸上穿著薄荷綠禮服的少女人偶。

什麼事也沒發生。

紅房間裡仍是一片死寂。

「我這是猜對還是猜錯？」翡翠繞著那名毫無動靜的人偶打轉，看不出有哪邊出現變化。

「您就那麼篤定是這個？」斯利斐爾驚訝他如此果決。

「沒有啊，我根本就不知道。」翡翠聳聳肩膀，「你看得出來是這個嗎？」

斯利斐爾忍耐地閉了下眼睛，「在下看不出來。與塔爾分部不同，此地是水之魔女的領域，除非在下強行使用力量。」

「那你可以強行變回原形嗎？」

「在下非常樂意現在使用力量。」

「我開玩笑的。一聽就知道你強行使用力量估計沒什麼好下場，原本都只是個夠沒用的人形背景板了。」翡翠可不希望這個背景板變得更沒用，最後導致自己必須扛著人出去，「你這樣太沒幽默感了，斯利斐爾。」

「在世界末日只剩一天多就要到來的情況下，在下確實生不出幽默感。」斯利斐爾冷冷地剜了翡翠一眼，「既然您不確定，為何毫不猶豫就選擇綠衣服的這個？」

「喔。」翡翠完全沒有隱瞞的意思，「我忽然想起我昨晚沒吃成功的蔬菜沙拉了。昨天忙著跟蹤人，結果回來忘記要去偷拔那些花花草草，眞是讓人遺憾。」

「黛芙蘿雅家的人肯定不會感到遺憾。除了吃，您還能想到什麼？」

「喝！」

面對翡翠斬釘截鐵的回答，斯利斐爾面無表情地向他瞪視。那充滿壓迫感的身高及外貌，輕易就能給人帶來壓力，然而對翡翠卻一點效果也沒有。

一聲清脆裂響打斷了這對臨時主僕之間的對視。

「別這麼深情地看我。就跟你說了，別愛我，沒結果。」翡翠冷酷地擺擺手，快速轉頭尋找聲音來源。

「您不只失憶、失智，還眼瞎。」斯利斐爾加入搜尋的行列。

兩雙眼逐一掃過紅房間一圈，倏然停在某一點——那尊不久前被翡翠觸碰的人偶。

聲音就是從它臉上傳來。

上一刻仍完美無瑕的瓷白面容，此刻卻有一道深且長的裂痕將那份美貌破壞大半，變得猙獰又嚇人。

緊接著又是「啪」的一聲，裂痕這次在人偶的前胸到腹部湧現。

「在下覺得……」

「閉嘴，別說話！在我們那，這種場合不管隨便說什麼，都會變成在立FLAG。」

「在下只想告訴您，顯然您選錯了。」

斯利斐爾的話聲還飄在房間裡，人偶表面刹那間已全數破碎，從裡頭鑽出來的是保留著人形輪廓，外觀呈現紫黑色的果凍狀物體。

「這不可能是黛芙蘿雅，對吧？」

「您眞的眼瞎了嗎？」

整體光滑的果凍怪物沒有眼睛，但一顆腦袋面對著翡翠他們，就好像能捕捉到他們的存在。

霍然間，它的臉部裂開縫隙，成了一張嘴巴發出凶惡的咆哮。

翡翠提著法杖就往另一個方向跑，「你覺得另外兩個是的可能性有多大？」

「您想……」斯利斐爾猛然意會到翡翠的意圖，「住手！別輕舉妄動！」

來不及了。

翡翠的法杖飛也似地分別點上兩名神似黛芙蘿雅的人偶，這一次立即有了反應。

只不過，是與第一尊人偶同樣的反應。

敵人瞬間從一變成三。

翡翠喜歡果凍，但對這種活像中毒的人形果凍一點興趣都沒有，看起來太難吃了。

他握緊法杖，反手就朝其中一名怪物猛力揮打。後者的胸部凹陷下去，身體跟著向後倒下，撞到後方的同伴。

翡翠抬腳又朝第三名怪物踹去，讓對方撞倒一邊的多個人偶，如同保齡球擊中多支球瓶，場面一片混亂。

同時也給了翡翠靈感。

「斯利斐爾，割繩子你總做得到吧？」一見斯利斐爾點頭，他馬上將之前收起的花瓶碎片塞給對方，「讓這裡下一場人偶雨，拜託你了。」

受限於露娜莉的規則，一旦翡翠碰到她的收藏品，都算是做出選擇，選錯就會讓敵人增加。

假如讓翡翠動手，那麼他待會就會落入被大量有毒果凍追著跑的下場。

斯利斐爾速度很快，眨眼便割斷吊縛著諸多人偶的絲線。

懸掛在天花板下的人偶紛紛砸下。

就如翡翠所說，像下了一場人偶雨。

果凍狀怪物被人偶淹埋在底下，翡翠趁機與斯利斐爾逃出紅房間，不忘隨手把門緊緊關上。

該遮的，都有好好遮住呢~
☆翡翠內搭服飾

第8章

有了前車之鑑，翡翠覺得再來得更謹愼才行。

他雙手牢牢握著法杖，免得自己又忍不住一時手賤，引來滿屋子的敵人追殺。

「我們得再商量個對策。」他嚴肅地說。

「在下同意。」斯利斐爾回予同等的嚴正，「在下實在不想一轉頭，就發現您又爲自己製造出一堆敵人。」

「這種事不會再發生的。」翡翠堅定地發誓，過了一會，他主動改變說法，「應該不會再發生……總之，可能不會再發生……吧。」

「沒關係，在下打從一開始就沒打算要相信您的承諾。」斯利斐爾推推鏡片，確保自己的音量不會被紅房內傳來的砰砰聲響蓋過，「那些活過來的人偶似乎不會開……」

翡翠眼疾手快地摀上斯利斐爾的嘴巴，「這時候什麼都別太篤定，會變成給自己插旗的。你有想到什麼好對策嗎？」

「只要您不惹麻煩，在下就覺得那是個好對策。」

「好的，我知道不用徵求你的意見了，你這個沒用的背景板。」翡翠冷漠地收回手，目光飛快打量走廊一圈。

露娜莉給了幾條明確的遊戲規定。

收藏室都在這條走廊上，他們不須東跑西跑，在這大得驚人的屋子裡進行大冒險。失蹤少女們就藏在露娜莉最喜歡的收藏室裡。

重點來了，她最喜歡的收藏室是哪間？翡翠無意識地將拇指尖抵著嘴唇，這裡有那麼多門，假如每個房間的收藏品都像剛剛那個紅房間……

翡翠忽地想到一個被他們忽視的重要情報。

露娜莉說，他可以到走廊上的任何一間收藏室尋找。

她指的是收藏室，而不是任何房間。

翡翠的視線停佇在其中兩扇門上。一扇鑲著寶石燈罩，燈光將門板打上一層黃；一扇是沒有特別裝飾的白門，那裡正巧是露娜莉爲黛芙蘿雅梳頭的房間。

而翡翠剛才在那裡確實沒有什麼發現。

「不管您想到什麼，最好動作快一點。」斯利斐爾注意到紅房間的門被撞得微微凸起，或許支撐不了太久，裡面的人偶就會一窩蜂衝出來。

「我想到這個。」翡翠大步上前打開黃色的門，再跑去轉動另一扇藍色門的門把。這兩個房間裡都擺滿純白的展示台，一個展示洋娃娃，一個展示各色巨大珊瑚。

翡翠沒有進去裡面，而是又找出一扇白色門。他快步上前推開，不出他所料，那裡就是個普通的臥室，擺設著幾件精緻的家具。

斯利斐爾明白了。

有設置寶石燈罩，讓燈光將門板染色的房間才是魔女的收藏室，其餘的不需要他們進去浪費時間。

「我們得想辦法找出哪個才是她最喜歡的收藏室，我先負責這個。」翡翠的法杖指向那個充滿洋娃娃的黃房間，「你負責……」

「在下負責顧好您。」斯利斐爾沒有聽從翡翠的指派，他實在不放心翡翠的那雙災難之手。

老實說，翡翠自己都不相信自己了。他沒在這個話題上多做爭論，與斯利斐爾一前一後地進入黃房間。

房內的洋娃娃全閉著眼睛，造型琳瑯滿目。

翡翠看得很仔細，他想找出有用的線索，就連洋娃娃的裙子底下都沒有放過。

「原來有穿內褲啊。」

「您這樣眞變態。」

「我這是觀察入微。難不成你要因爲疏忽細節輸掉遊戲嗎？」蹲在地上的綠髮青年轉過頭，那出塵的面容和空靈的氣質，讓他即使在做窺看洋娃娃內褲這件事的時候，也絲毫不讓人覺得猥瑣，反而正氣凜然。

斯利斐爾不是很想贊同這番話，那會讓他感覺自己失去了什麼。

翡翠也不管杵在一邊、內心似乎陷入天人交戰的銀髮男人，他迅速檢查完一半的洋娃娃，發現到一件事。

不管是紅房間或現在的黃房間，這些收藏品的外表都是女孩子。

沒有一位男性。

水之魔女喜歡漂亮的女孩子這點，看樣子所言非假。

「斯利斐爾。」翡翠突然喊了一聲，「映畫石你有帶在身上嗎？我想確認一下。」

斯利斐爾立刻猜出翡翠想確認的是什麼，他啓動映畫石，找出失蹤少女們畫像的那一欄資料。

「我果然沒記錯。」翡翠接過映畫石，把畫面放大數倍，指著他面前的鬈髮洋娃娃說，「它長得跟第一號失蹤者很像，你覺得我該摸它一把嗎？」

「請，只摸它就好。」斯利斐爾強調。

「那當然。」翡翠也不想平白無故爲自己增加敵人。重點是那些敵人只會把自己列爲目標，並且全然無視斯利斐爾的存在。

他伸出一隻手，指尖正要碰觸到那尊鬈髮洋娃娃，沒想到同一時間，叮鈴叮鈴的聲音猝不及防地響起，近得就像有人把搖鈴貼在耳邊一樣。

翡翠被這聲音嚇了一跳，身子彈直，反射性想要找出聲音來源。可他轉身的動作太猛烈，背上又有個包包，沒拿捏好距離的情況下，背包撞上了另一邊的展示台。

黃房間的展示台居然沒有固定，支撐的柱子搖晃幾下便往旁傾倒，撞上另外一個，再撞上另外一個……

現場簡直像引發了骨牌效應，展示台和洋娃娃紛紛倒下。

一陣乒乒乓乓聲響過後，黃房間變得凌亂不堪，洋娃娃東倒西歪地躺在地面上，有的還掉在翡翠跟前。

下一秒，一隻小手抓住翡翠的鞋子，趴在地上的洋娃娃驟然抬起頭，原本閉著的眼睛睜開了。

所有被撞倒的洋娃娃都睜開眼，它們的眼窩裡都嵌著紫水晶。

一雙雙紫色眼睛緊盯翡翠不放。

比起吃驚於竟然連這樣都算是被自己碰觸到，翡翠更在意的是剛剛的聲音。

——那是第二聲鈴響。

黃房間裡的情況只能用兵荒馬亂來形容。

洋娃娃體型雖小，但被數十隻追著跑也絕對不是愉快的體驗。好在翡翠和斯利斐爾擁有腿長優勢，他們對視一眼，二話不說拔腿就往門外跑。

甩上的大門隔絕了洋娃娃的追擊。

「爲什麼紅房間的人偶就沒有這樣？」翡翠撫著胸口，「黃房間我明明只撞到一個吧，剩下的居然全活過來了？」

「也許是因爲您人品差。」斯利斐爾不容分辯地陳述，「總之您不能亂碰，也不能不小心亂碰。」

「眞沒禮貌，我是那種人嗎？」

「在下非常肯定、確定、篤定，您是。」

對於斯利斐爾的評論，翡翠冷冷一笑，他要靠實力來證明自己才不是那種控制力差的人。

他不假思索地選了一扇藍門推開，裡面展示的是琳瑯滿目的玉石。有大有小，小的如指頭，大的幾乎頂到天花板。

翡翠很有信心地逐一檢視過去，直到他看到了其中一排展示品。

然後他的雙腳就定住了，就像大樹生根在原地，牢牢地抓著土壤不放。

呈現在他眼前的，有鮮碧雪白的大白菜、布滿油亮光澤的紅燒肉、剔透圓潤的粉圓、表面烙著焦痕的厚切牛排……

就算明知道這些通通是玉石雕成，但那唯妙唯肖的外形簡直能以假亂真。

光是看著那些仿食物的玉石，翡翠就感到口腔裡的唾液在急速分泌。

這一刻，他深深體會到……

好的，就如斯利斐爾所說，他的確是。

等到斯利斐爾心生警覺時，翡翠的手已經義無反顧地摸上那塊像剛從鍋裡拿出來，彷彿還冒著騰騰熱氣，一戳下去就會軟爛分離的紅燒肉。

這次一樣來不及了。

收藏室裡的食物活過來了。

假如不是斯利斐爾強橫地把人拖離，翡翠就要積極地自投羅網，熱情地擁抱那些衝上來的敵人。

將門板狠狠甩上，斯利斐爾厲了翡翠一眼。

翡翠一攤雙手，表示不是他故意，實在是那些「美食」看起來太誘惑人。

接下來他們又連續找了好幾間收藏室，藍色、黑色、綠色……像食物的收藏品沒有再出現。

但翡翠的運氣似乎真的不好，選定的目標經過他的碰觸，無一例外都成了敵人，有如被注入生命力一樣，對他發起攻擊。

翡翠自己都不曉得他們究竟關上了幾扇門，整條走廊充斥著砰砰作響的撞門聲，沒人預料得到那些門什麼時候會被破開。

唯一能確定的是，時間所剩不多了。

倘若沒有在第三次鈴聲響起前成功找到三名失蹤少女，那麼這場遊戲就是翡翠這方輸了。

「我們得再換個方案！」翡翠拉高音量，否則他的聲音就會掩沒在接連不絕的撞門聲之下，「想辦法找出哪一間才是她最喜歡的收藏室，我們沒時間再耗下去。」

「在下同意，同時在下也很高興能感受到……」斯利斐爾認為誇讚要及時，才能適當地為對方增加信心，這是來自《育兒九十九招》裡的方法，「您對食物以外的熱情。這是個好現象，務必繼續保持下去。」

面對斯利斐爾的讚美，翡翠給了一個高分貝的單音。

「嗄？」

那怎麼聽都不像是在認同斯利斐爾的看法。

「在下有哪裡說錯了嗎？」

「全部都，大、錯、特、錯。我會那麼努力，是因爲我還沒吃到沙拉。」

心裡有個聲音告訴斯利斐爾別再問下去了，但他還是控制不住自己的嘴巴，「吃到……什麼？」

「沙拉。」翡翠重新邁開腳步在走廊上巡視，希望能從剩下的門扉找到一點靈感。

「誰家的沙拉？」斯利斐爾痛恨自己管不住好奇心，虧他還是堂堂的眞神代理人。

「就是黛芙蘿雅家院子的那些植物，那是雪星草對吧。」翡翠滔滔不絕地說，「我從世界知識裡確認過了，葉子能生吃，且多汁鮮脆，在舌頭上還會爆發彈跳的口感，像我們那邊的跳跳糖。莖川燙過後，不用加任何醬汁就能品嚐出它的酸甜，在炎熱的天氣最適合用來開胃。開的花可以搗碎，加入大量牛奶，再揉進一些刺麥粉，蒸出來的雪星糕就像最滑順的白色鮮奶油一樣可口！」

最後幾字蹦出來的力道無比強悍，鏗鏘有力地砸落在走廊上，瞬間甚至蓋過了那些撞門聲。

斯利斐爾就像被綠髮青年的氣勢震懾住，一時半刻說不出話來。

「啊，還有我沒吃成功的掌心饅頭……說得我自己都餓了。」翡翠拿出晶幣，皺著眉將青草苦瓜味的硬幣咬得卡卡作響，「回去絕對要大吃特吃，我要把院子裡的雪星草都拔光。」

「那是別人家的院子，別人家的雪星草。」

「我吃掉就變成我肚子裡的了。」翡翠算著剩下還未開啓的彩色門，少說還有七、八扇。但最怕的就是都看過後，還是找不出哪間房是水之魔女最喜歡的，「重點，你覺得哪間才是她最喜歡的收藏室？我們已經知道她喜歡美麗的少女，但有好幾間都是跟這方面有關的收藏。」

「所以我們很難從這點獲得幫助，必須從其他方面考量。」斯利斐爾眉頭蹙起，爲了那些煩人又刺耳的噪音，「她還喜歡什麼？」

「奢華的東西，紅寶石、藍寶石、綠寶石……」翡翠回想著這一路所見，步伐驀地停住，「……紫水晶。」

「什麼？」

「她還喜歡紫水晶。」

翡翠想起來了，失蹤少女們戴著的紫水晶手鍊；收藏室裡，人偶和洋娃娃的紫水晶眼睛。

露娜莉儼然對紫水晶有著某種程度以上的偏好。

「但是這裡的燈罩沒有紫色。」斯利斐爾檢查完一圈，確保沒有遺漏，「連紫色的門都沒有。」

照下的燈光五顏六色，唯獨少了紫光映射在門板上。

「假如那魔女眞喜歡紫水晶，照理說該有紫色的門。」斯利斐爾指出最不合理的一點。

翡翠沒有馬上回應，他再次逐一看過那些寶石燈罩，最後視線停住。他走向其中一個燈罩，發現燈罩的方向其實可以扭轉，讓燈光轉向他處後，更是證實了自己的猜想。

「您在做什麼？」

「變出紫色的門。」

「但此處並沒有……」

翡翠豎起食指，打斷了斯利斐爾的疑問。他露出一抹愉快的笑容，將正好比鄰在旁的兩個燈罩轉動了方向。

斯利斐爾看見紅色的燈光和藍色的燈光在對邊牆壁交會一起。

——成了紫色。

「三原色原理，賓果。」翡翠得意地吹了一聲口哨，「我看過了，就只有這兩盞紅藍色的燈剛好在隔壁。」

斯利斐爾來到投映上紫光的牆壁前，伸手摸索，赫然發現牆上的幾條細紋不是裝飾，是屬於門框的輪廓。

這扇被藏起來的門連門把都沒有，怪不得根本沒被人注意到。

「沒有門把的話，往內推試看看。」翡翠動口也動手，他的運氣好像又回來了，在紫光範圍內摸索一會，就聽到細細的「喀」的聲響。

一條細縫出現，紫色的門開了。

隨著紫門開啓，那些不斷砰砰作響的門板這瞬間再也支撐不住，紛紛破開。

木片紛飛中，所有被翡翠直接或間接碰觸過的收藏品就像一支大軍，張牙舞爪地朝他蜂擁過來。

「進去！」翡翠反應快，手腳並用，扯過斯利斐爾，就抬腳大力地把人往裡面踹進去。接著自己敏捷閃入，沒有忘記把門帶上。

紫門關閉，把一切威脅都隔絕在外。

門扉一關上，不但阻隔了大批敵人，那些吵嚷聲也一併被擋在外頭，甚至連敵人應該有的衝撞門板動靜也聽不見。

就好像這扇門擁有某種力量，意圖破壞此門的存在都會被阻止靠近。

確認紫門不會輕易由外開啓後，翡翠的一顆心安放原處。他轉過身，看著這間幾乎躲過他們搜索的收藏室。

只要一眼，就能看出這房間在水之魔女心中的地位確實與眾不同。

這是一座由寶石打造的小花園。

細細的金粒充當沙土鋪在地面，盛開的金薔薇與銀百合充斥各處，花朵下是鮮嫩欲滴的翠玉草葉；金土旁有幾道彎彎小河，河水中鋪設無數圓潤珍珠，恍如發光的銀河。

小花園四周壁面還掛著一幅幅畫。畫中主題各異，人物風景皆有，筆觸鮮明亮眼，但與這些寶石花草都只是房裡的陪襯。

小花園正中央，似乎才是水之魔女眞正的收藏品。

「又是……人偶？」翡翠疑惑地打量起那一道道踩踏在白玉石台上的曼妙人影，「這是我們第幾次看見人偶了？」

這裡的人偶依然是少女模樣，長相貌美出眾，皮膚雪白，神情生動。那一顰一笑幾乎讓人產生它們是活著的錯覺，彷彿它們正在這處奢靡小花園裡準備開茶會。

斯利斐爾沒去計算，他忙著阻止翡翠的災難之手已花去大半心力，況且這地方有多少人偶也不在他的在意範圍。

他走進小花園裡，面色冷淡地檢查起這些人偶是否有異樣，僅僅看了幾眼，就察覺到問題所在。

不只是他，翡翠也發現了。

這些面貌姣好的人偶，通通都長得跟失蹤少女一模一樣。

「一、二、三、四、五……」翡翠繞著人偶們走了一圈，「我看到了五個『黛芙蘿雅』，這其實是複製人大軍吧？」

斯利斐爾曾入侵翡翠的腦子，對於那時不時冒出的異世界用語已經有了幾分了解，他同意翡翠的用語相當貼切。

除此之外，他還有一個新發現。

「您往後退。」斯利斐爾吩咐，要翡翠退到能將所有人偶收納眼中的位置，「您再仔細看看它們……有注意到嗎？」

翡翠第一時間不確定斯利斐爾要他看哪裡。他看著那些身穿禮服的人偶們，疑惑地問，「你是想要我把它們的裙子也掀起來檢查嗎？」

斯利斐爾告誡自己這是非常時刻，才總算暫時緩和想剖開翡翠腦袋的衝動。他深吸一口氣，語氣陰寒森冷，「在下和您不一樣，不是個變態。」

「好喔。」翡翠的語氣聽起來很敷衍，擺明才不相信他不是個變態，「所以你要我看哪裡？它們都穿著裙子，戴著珠寶首飾，非常有露娜莉的奢華風格……」

翡翠的視線隨著點評一路往下移動，然後他話聲頓住，瞬也不瞬地盯著某一點。

斯利斐爾知道對方也看出來了。

這些人偶都穿著玻璃鞋。

翡翠蹲下身，將整雙鞋子從頭巡視到尾，「外觀和山鯢人店裡的那雙一樣，尺寸看起來也差不多大……等等，好像不只有鞋子尺寸？」

像要證實自己的猜想，翡翠立刻站起，伸手比劃著那些人偶的體型，霍地發現到它們的身高胖瘦，甚至連手腳粗細都極為相似。

乍看之下，簡直像同一個模子印出來的。

「要是不看臉，只看背影和身材，這才眞的叫複製人大軍吧……」翡翠喃喃地說，「那個魔女對她的收藏品很有堅持啊，規格都得要差不多才行。估計她也曾這樣交代那個山鯢人吧，否則我哪可能因爲鞋子穿不下就被刷掉。畢竟我現在的這張臉，應該超符合大眾審美觀才對。」

「在下同意。」斯利斐爾對於約瑟夫的做法也頗有微詞。

精靈可是法法依特大陸上最完美的種族，又是眞神的眷族，區區的山鯢人居然敢瞧不上？

回想起來的斯利斐爾只想冷笑。是誰給那傢伙的勇氣，好大的膽子！

對翡翠來說，這只是個小插曲，抱怨完就將心思重新放回人偶上。

初步計算，這裡起碼有近四十個人偶。

能夠將它們全部放入，還不顯得擁擠，足以看出這間收藏室究竟有多寬敞。

「好了，現在該努力找出來，哪一個才是眞的……我負責左半邊。」翡翠說著往左邊走過去。

「您要記得……」斯利斐爾走向右側。

「知道、知道，不能亂摸，除非眞的找不出來，就只好放大絕了。」翡翠舉起他的右手，「全部都給它摸個一遍。」

「在下衷心希望，這種結果不會到來。倘若到頭來還是分辨不出眞假……」斯利斐爾也提供一個意見，「您就去翻它們裙子吧。」

「爲什麼是我，不是你？」

「因爲在下不是變態。」

面對說得無比堅定還理直氣壯的銀髮男人，翡翠回贈對方一枚白眼，沒把那意見放心上。翻裙子不就等於摸上去了，斯利斐爾根本只是想諷刺他之前看人偶裙下風光的舉動吧。他不再多加理會，托著下巴，犀利的視線開始掃射面前的人偶。

基於他和黛芙蘿雅相處的時間最久——雖說也只有一天半——他先選擇從擁有黛芙蘿雅外表的人偶下手，希望能從中獲得線索。

與先前在其餘收藏室見過的仿眞人偶不同，小花園裡的「黛芙蘿雅」們還原度更高，就連身上所穿的禮服，也和翡翠今夜見到的是相同款式。

這邊翡翠陷入了專注的觀察，那邊的斯利斐爾也踏著無聲的步伐，投向人偶們的眼神漠然而銳利。

假如人偶們有意志，恐怕會被盯得寒毛直豎，巴不得能拔腿就逃。

「斯利斐爾。」翡翠的聲音從另一頭傳來，「我可以順便摘幾朵金薔薇和銀百合回去嗎？假設我回得去的話，它們看起來挺美的。」

也挺好賣錢的。最後一句翡翠放在心中，沒有說出來。

「在下建議您別那麼做。」斯利斐爾說，「法法依特大陸上流傳著一句俗諺——不要拿魔女的東西，就算是一根頭髮，因爲她會追殺你到天涯海角。」

「好吧。」翡翠已經來到第三個「黛芙蘿雅」身前，照慣例將對方從頭打量到腳，緊接著他的目光又飛快上移到對方的手腕。

上面皓白無瑕，什麼也沒有佩戴。

沒有紫水晶手鍊。

不只這個人偶，他先前檢查過的兩個「黛芙蘿雅」同樣也沒有。

「它們沒戴手鍊……」翡翠喃喃地說。

「您說什麼？」翡翠聲音不大，聽不清的斯利斐爾疑惑地問道。

「我說等等。」翡翠快步來到另外兩個「黛芙蘿雅」身邊。就如他心裡預測，這兩個人偶的手腕上亦沒有佩戴紫水晶手鍊。

「怎麼了？」斯利斐爾暫時放下檢查，走近翡翠身畔，「您找到了？」

「沒有。」翡翠搖搖頭，問起另一件事，「你剛看的人偶，有戴紫水晶手鍊嗎？」

斯利斐爾過目不忘，他很肯定地說，「沒有。手鍊是記號，是通行證，那些失蹤的女孩既然成了水之魔女的收藏品，那麼沒有戴上……」

「不，沒戴上才奇怪。」翡翠否決了斯利斐爾的說法。在確認所有人偶手腕上都沒有紫水晶手鍊後，他果斷放棄再將注意力放在它們身上，改巡查起收藏室的其他地方，

「你還記得露娜莉出現在我面前的時候，對我說了什麼嗎？」

「太多句了，哪一句？」

「聽起來特別想泡我、想搭訕我的那幾句。」

翡翠給的提示十分明確，斯利斐爾稍一回想，就從記憶裡翻找出符合的談話內容。

「我喜歡妳，我想爲妳穿上最美的衣服，纏上最華美的紫水晶手鍊，戴上最貴重的首飾。妳喜歡紅寶石、藍寶石或是綠寶石呢？只要妳留下來，永遠不走……」

看斯利斐爾的神情，翡翠就知道他想起來了，「她想讓我當她的收藏品，然後她會爲我穿上最美的衣服，纏上最華美的紫水晶手鍊，戴上最貴重的首飾。先不說不如給我一堆吃的更好，或是乾脆爲我蓋個糖果屋……」

「這些人偶有最美的衣服，也有最貴重的首飾。」斯利斐爾自動篩選出話中重點，「但沒有紫水晶手鍊。」

「對，它們都沒有。」翡翠來到了掛在牆上的畫像前，一幅幅地看過去，接著停下了腳步，「──但它有。」

讓翡翠停住腳步的，是幀少女的自畫像。

畫中少女服飾華貴，臉上戴著面紗，看不清容顏，但一雙眼睛含笑。抬起的手指像要撩撥自己垂在肩前的髮絲，那截細白手腕上，赫然繫戴著一條紫水晶手鍊。

「要知道答案正不正確，摸就知道了。」翡翠一手緊握法杖，一手往畫中人一碰。斯利斐爾在旁做好防護準備，只要一有不對，就要即刻出手，起碼要阻止翡翠躲避敵人的同時別再誤碰其他東西。

他們現在無法離開這間收藏室，外面還有一票敵軍虎視眈眈，假如在這裡製造出太多敵人，那可就不好應對了。

而接下來發生的事，讓兩人迅速從警戒狀態中放鬆。

被翡翠碰觸的畫像起了驚人的變化。

先是畫框周圍浮現一圈華光，隨著光芒由盛轉暗、繼而消失，原本掛在牆上的畫不復蹤影，取而代之的是一名昏迷在地的長髮少女。

「您猜對了。」斯利斐爾上前檢視，「是第一號失蹤者，還有呼吸，看起來沒有大礙。」

「水之魔女不會想要有瑕疵的收藏品，她給人的感覺就是個追求完美的收藏家。」

有了這麼一個好開頭，翡翠把握時間，立刻移往下一幅畫。

畫中主題多變，不單單只有單人畫像，更多的是多人在不同場景裡的聚會，更熱鬧一點的還有小動物加入。

要從畫裡找出紫水晶手鍊，簡直像是刻意考驗人的眼力。

而且手鍊還不只限定在人的手上。

就如露娜莉曾說過的，她的收藏品在遊戲裡不一定維持著原先的模樣。

在翡翠和斯利斐爾聯手下，他們成功在畫中找到了三名少女、兩隻貓、一隻天鵝，還有一隻白鹿。

「給動物打扮得那麼華麗，也算是符合那位魔女的審美了。」翡翠將手指抽離最後的白鹿身上，往後讓出位置，讓恢復原貌的少女能夠有足夠空間躺著。

一、二、三、四、五、六、七、八，包括黛芙蘿雅在內，克爾克城失蹤的八名少女都被翡翠找出來了。

而在同一時間，第三次鈴聲響起。

不知哪天會被主人啃光光……

☆翡翠的雙生杖……變化型！
等同精靈的半身，損壞無法復原。

第9章

第三次鈴響，代表著遊戲時間結束。

金碧輝煌的宴會廳內，一名水藍長髮少女端坐高位，一手托著腮，一手把玩著流水化成的搖鈴，手邊是擺著紅茶和巧克力的桃花心木小圓桌。她微瞇著眼，像在欣賞底下一對對相擁起舞的人影。

可假如換成旁人觀看，只會覺得這是無比古怪的一幕。

因為在舞池中整齊劃一跳著舞步的人，竟全身裹著斗篷，讓人看不清他們的面貌，就連是男是女都難以判斷。

似乎是看膩了面前景象，露娜莉收回目光，五指一握，搖鈴瞬間成了一灘液體，從她指縫和掌心間淌落。

「時間到了，美麗的小蝴蝶。」露娜莉甩去手上水漬，心情愉快地對著半空說話，「現在告訴我，妳找到我最喜歡的收藏室了嗎？找到我精心收藏的收藏品了嗎？」

只要待在她的屋子裡，無論多偏遠的角落，都不用擔心屋內人會聽不見她的聲音。

當然，更不用擔心有人趁機逃出去。

這是她的領域、她的地盤，屋外可是覆蓋著一層結界。沒有她的允許，誰也無法踏出大門。

露娜莉的問題送出去了，但回應她的是一片沉默。

露娜莉對此絲毫不感意外，她早就知道這個遊戲的結果。不可能有人找得到她最珍愛的收藏室，更別提找出那些失蹤的少女。

現在，那名漂亮得不得了的綠髮妖精是屬於她的了。

「小蝴蝶，妳難道連一個都沒找到嗎？」露娜莉咯咯笑起，語氣裡是掩不住的開心。她抬起手，指尖虛畫一個圈。

宴會廳演奏的曲目頓時改變，重新響起的樂曲變得活潑輕快，有如在呼應她此刻的心情。

她舉起雪白的小茶壺，爲自己的小茶杯倒了一杯熱紅茶，裊裊白煙隨著茶湯從壺嘴裡滑出而飄升。

她輕抿一口溫度適中的紅茶，為落敗的玩家宣告，「那眞是太可惜了。按照約定，妳得要……」

「我在妳的小花園裡。」另一道聲音猝不及防打斷她的話，「挺好看的小花園，金薔薇、銀百合、珍珠小河，妳的品味很不錯呢。」

「什……！」露娜莉原本要輕輕放回原位的茶杯猛地重砸上桌面，脆弱的骨瓷茶杯爬上裂痕，裡頭的紅茶更是飛濺了出來，「妳在那裡!?妳怎麼可能會在……」

顧不得小圓桌上的狼藉，露娜莉下意識站起身，藍眼睛裡流洩出濃濃的錯愕，不敢相信自己聽見了什麼。

她最珍愛的收藏室是不可能被人發現的，她明明藏得如此隱密！

不在宴會廳的綠髮妖精打斷了露娜莉的質問，「人偶很美，但這裡的畫更美，尤其是畫裡戴了紫水晶手鍊的那幾位。」

聽到這裡，露娜莉還有什麼不明白的——她藏起來的克爾克城少女全被人找到了。

她神情陰冷，但一轉眼又恢復如常，精緻的臉蛋帶著艷麗的微笑。她再次坐回那張棗紅繡布的鍍金扶手椅上，手指輕巧地在扶手上敲點，似乎又找回了最初的悠哉。

露娜莉忍不住都想嘲笑自己了，她幹嘛爲此大驚小怪呢？

雖然她藏起的少女們能被找到，確實讓她相當吃驚。但她頂多損失一個收藏品，她會得到一個更好、更棒，超乎她之前想像的稀世珍品。

她甚至都想好要怎麼打扮那名妖精少女了，她要用閃耀的珠寶妝點更加閃耀的她。

那一定是美妙無比的畫面。

「妳做得很好，比我預期的還要好。現在將妳選中的人帶來宴會廳吧。小蝴蝶，我在那裡等著妳的到來。」

屬於水之魔女的悅耳嗓音像貼在翡翠耳邊，又像來自四面八方。隨著最後一字落下，那聲音又彷如泡泡般破裂，「啪」地消失在空中。

翡翠與斯利斐爾對視一眼，視線再落至昏迷在地的八名少女。

「您選誰？」斯利斐爾問。

「當然是黛芙蘿雅。」翡翠不認爲這有什麼好猶豫的。姑且不論自己是不是要被強制留下來，不把黛芙蘿雅先弄出去，他真的就要變成少女失蹤案的頭號嫌疑犯了。

從剛才露娜莉的言談中，翡翠還獲得了一項有利情報。

雖然這幢豪宅是露娜莉的領域，但她沒辦法將屋裡各處的一切動態都掌握在手中，否則她直接就能得知這項遊戲的結果。

更甚者，她早該察覺到斯利斐爾的存在。

「你可是一枚暗棋了，要好好發揮作用啊，斯利斐爾。」收好法杖，翡翠將失去意識的黛芙蘿雅撐起，讓對方手臂勾在自己肩頭上，「不過在派上用場前，先把自己藏起來吧。能隱身嗎？」

「能。但在下不確定此舉是否會讓水之魔女發現異常，魔女對魔法的波動一向很敏銳。」

「也就是說隱身接近她不保險吧。那就照之前的方式來吧。」

「在下明白了。」銀光一閃，斯利斐爾的身形變成巴掌大，像隻輕盈的飛鳥，打算落足在翡翠頭頂上。

翡翠頓了下步伐，抬手就把頭上那抹迷你身影抓下，改塞進自己的衣襟內。

「這才叫藏，你剛那叫作正大光明給人看。」

「在下不……」

「再吵就把你塞內褲裡。」

如此惡毒的威脅，饒是眞神代理人都得屈服。

耳邊重新獲得清靜，翡翠扛著黛芙蘿雅前往水之魔女指定的宴會廳。好在兩邊之間僅有直線距離，不須上上下下，他在搬運途中沒有耗費多少工夫。

花了點時間，翡翠回到大宅裡的宴會廳。

當他踏入廳裡的那瞬間，樂聲驟然停止。舞池內的斗篷人影也跟著停下舞步，如同收到指令，朝兩側退開，形成了有如迎賓的隊伍。

「這是在歡迎我嗎？」翡翠嘴唇微動，像在喃喃自語，但那氣聲其實是說給藏在他胸口處的斯利斐爾聽的，「那些人披著斗篷，感覺眞像邪惡反派。」

斯利斐爾不想跟一個眞正邪惡的傢伙說話。

「妳來了，小蝴蝶。」露娜莉高坐在她的鍍金扶手椅上，看著翡翠將選中的金髮少女放下。

「我不叫小蝴蝶，我叫翡翠。」身爲男性，翡翠實在不想一直被人「小蝴蝶」、

「小蝴蝶」地喊。

有看過那麼高大的蝴蝶嗎？他身高起碼也有一百七以上好不好！

「翡翠……就連名字也很美麗呢。」露娜莉眉開眼笑地說，「那麼妳應該很喜歡翡翠這種寶石了對嗎？我可以爲了妳找來許多喔。」

不，他喜歡的是翡翠湯。一種以油炸菠菜泥爲主體，再加入各種海鮮配料的美味羹湯……不曉得這世界有沒有類似的餐點？

翡翠感到唾液在口中分泌，他嚥了嚥口水，強制切斷對美食的回想，「不用了，我不喜歡翡翠這種石頭。遊戲是我贏了，現在該妳履行約定了吧？」

「可以唷。」露娜莉打開小茶壺的蓋子，手指一勾，紅褐色茶湯像被看不見的力道勾起，在半空中凝聚成一隻半透明的蝴蝶。

茶蝶在露娜莉周圍繞了一個圈，隨後拍拍翅膀，飛向了黛芙蘿雅。

幾滴紅茶落至黛芙蘿雅唇邊，液體滲入唇縫不久，本該處於昏迷狀態的金髮少女忽地眼睫顫動，接著慢慢睜開眼睛。

只不過那雙眸子仍舊是茫然的，像身陷一場尚未醒的夢。

「從哪裡過來，就回到哪裡去吧。」露娜莉說，「我的蝴蝶會指引妳離開這裡。」

黛芙蘿雅聽從露娜莉的指令，跟著紅茶色的蝴蝶轉身往外走，整個過程似乎都沒發現翡翠的存在。

「妳真的會讓她平安回到家裡？不會再把她召喚過來了？」翡翠直視著露娜莉。

「我說是，妳也只能相信我說的了。」露娜莉微微一笑，眉眼艷麗，她朝底下的翡翠勾勾手指，「過來讓我仔細看看。」

「我贏了遊戲，妳也得讓我走吧。」翡翠故意這麼說，果然見到露娜莉的笑容滲入玩味。

「為什麼我要讓妳走呢？妳可是會成為我最棒的收藏品。雖然妳的腳太大，不符合我的標準，但妳的臉太好看、太好看，我願意忽視那小小的缺點。我敢說，未來很長一段時間，都不會有人勝過妳在我心中的地位。」

「但我贏了，按照遊戲規定，我找到了不只三個人。」

「所以我不是把妳選中的那名女孩子放走了嗎？但妳想想看，翡翠，我從頭到尾有說過會讓妳走嗎？我只答應過會放一個人走呀。」

「你看，文字漏洞，多少黑心合約都是這麼來的。」翡翠低頭說。

「妳在跟誰講話？」露娜莉眼神一厲。

「跟我……心目中的第一名戀愛對象說話啊！」翡翠迅雷不及掩耳地撈出胸前的斯利斐爾，像投擲棒球般將他朝露娜莉猛力丟出。

這一手來得太突如其來，露娜莉還沒反應過來，斯利斐爾就已越過她的頭頂，落在她的椅子後。

銀髮男人轉眼間恢復原本體型，出手快如雷電，從後一把箝制住露娜莉的脖子。

「主人，快！」

「男人的聲音！」露娜莉瞬間扭曲了美麗的臉孔，比起自己頸項被人緊緊掐住，反而是自己身後出現男人更讓她情緒失控，「該死、該死，這種髒東西居然敢踏進我的屋子！滾出去──」

露娜莉尖叫出聲，宴會廳的水晶吊燈跟著劈啪碎裂，空氣裡浮現劇烈的波動。

與此同時，斯利斐爾看見自己緊扣露娜莉頸子的手指轉爲透明。

然後是手臂、肩膀、右胸部分……

他要被這裡的結界排除出去了！

「斯利斐爾，回來！」見情況不對，翡翠立刻大喊。

搶在自己被趕出這方空間之前，斯利斐爾眼中閃過一串串光符，整個人下一剎那平空消失。

「在下不想當您的第一名戀愛對象。」既然沒了用武之地，斯利斐爾趁此機會，在翡翠腦海中冰冷地提出意見，「您的『戀愛』兩字，聽起來跟『想吃』沒兩樣。」

「說什麼傻話呢？」翡翠以意識回話，「是最想吃才對。」

斯利斐爾完全不覺得榮幸。

「妳居然偷偷帶了男人進來，妳讓我有點不高興了。」露娜莉只以爲斯利斐爾被她驅逐出去。她摸摸自己被掐出指痕的脖子，離開椅子站了起來，森冷的視線鎖住翡翠，「很顯然妳必須嘗到一些教訓，才會願意當一個乖巧的收藏品。」

翡翠想了想，然後給了一個回應。

——他朝露娜莉比出了法法依特大陸上最挑釁的手勢。

這動作果然讓露娜莉氣得渾身發抖。

「太粗魯了！妳怎麼能比這種手勢？只有男人那種髒東西才會這麼做！」

被分類爲髒東西的翡翠聳聳肩膀，掏出了自己的雙生杖。那根宛若巨大拐杖糖的法杖一顯露出來，登時讓露娜莉吃了一驚。

她沒想到這名妖精少女還是名魔法師，但轉念再想到妖精天生對元素的親和力強，對方是魔法師似乎也不足爲奇了。

既然是魔法師，就表示一般的手段只怕制不住她。

露娜莉往前踏出一步，張開手指，透明藍的水流霎時生成，像溫馴纏繞的蛇，再一眨眼就變幻爲一柄法杖。頂端是晶瑩的白色圓球，周邊浮繞著細碎的發光晶體，有如眾星拱月。

「好好給她教訓，不准傷到她的臉！」露娜莉揚聲說道。皎白的光芒從法杖頂端大放，同時她的左胸前也有一點亮光閃爍，彷彿那處鑲嵌了一枚燁然明亮的星子。

原先靜靜立於兩側的斗篷人影齊刷刷轉過頭。

猝然間，一道機械合成音在翡翠腦海中播放，那是他曾經聽過一次的聲音。

就在那個純白空間裡。

「任務發布——請在十二小時內，破壞水之魔女露娜莉胸口處的結晶。」

翡翠一愣，反射性看向藍髮少女的左胸位置，亮光的來源正是來自於花紋之間的那顆銀白結晶。

隨著法杖頂端圓球的光輝四溢，銀白晶體也折射出越發炫目的光采。

很顯然，那道聲音要他去破壞的……就是那個！

所以這是第二個任務？但第一個任務不是還沒結束嗎？不是要他假扮女性三天……

噢，不對，嚴格來說確實結束了。

超過晚間十二點，現在是來到第三天沒錯。

「所以女裝到底有什麼意義？任務不是爲了要換取世界存活的時間嗎？」翡翠忍不住在內心戳著斯利斐爾，匪夷所思地問，「都跑出第二個任務了，我這樣算有爭取到了嗎？不，這樣就眞的能爭取到才叫奇怪吧。」

不是翡翠想要這麼吐槽，可假如穿女裝就能讓末日倒數時間拉長，那第一任務早就是叫他一輩子僞裝成女人了。

「在下不清楚。」斯利斐爾說，「但您只須牢記一件事即可。眞神給予的任務都有其意義存在，就算我等現在不知，之後也必定會知道。」

「好的，你有說跟沒說是一樣的。」

「您現在只要專心做一件事。」

「知道，想辦法破壞那枚結晶，爲了能吃到雪星草大餐。」翡翠掐斷和斯利斐爾的內心對話，看著那些全朝他望來的人影霍地扯下了斗篷，暴露出它們的眞面目。

就和他在收藏室遇見的敵人一樣。

它們有著紫黑色的光滑外皮，沒有五官，只保留著輪廓；軀體呈半透明，就像是被加了大量毒素的人形果凍。

「……看了就讓人倒胃口。」翡翠撇撇嘴，他還寧願它們的色彩能正常點，好歹像個好吃的果凍吧。

在露娜莉的一聲令下，紫黑色人形前仆後繼地朝翡翠圍攻過去。

它們從各個方位將翡翠包圍在中央，手臂轉換形狀，像一條條粗長的繩索，凶猛地要將獵物牢牢纏縛住。

不管是觸手PLAY還是綑綁PLAY，翡翠一點興趣也沒有。他抓緊雙生杖，簡單粗暴地使勁砸上了最近的一顆腦袋。

紫黑的頭顱凹陷下去，可當雙生杖一抽離，塌下的部分立刻反彈回去，恢復成原來毫髮無傷的模樣。

「彈性也太好！」翡翠吃了一驚，忍不住在心裡又戳起斯利斐爾，「雖然看起來很倒胃，但那個Q度……總覺得拿來煮火鍋，好像可以當成不錯的食材。」

「您想表示什麼？」斯利斐爾的語氣聽起來很忍耐。

「一句話，能不能吃？」翡翠疾退數步，躲過揮來的觸手，接著抓住一個空隙，法杖頂端往一名人形的臉部重擊，同時抬腳將欲偷襲的另一道人影狠狠踹開。爲自己爭取到足夠的空間，他馬上脫離出紫黑人影們的包圍。

「可以。」斯利斐爾在翡翠總算有餘裕的時候才出聲，以免打亂他的攻擊節奏。

翡翠心中一喜，眼底更是放出光芒，可緊接著就聽見那道禁慾感十足的冷澈男聲又說道：

「只要您不怕跑廁所跑到虛脫的話。」

這就像是一盆冰水，還挾帶了許多冰塊的那種，嘩啦啦地澆熄了翡翠本來熱火朝天的念頭。

「你一句話就不能一次說完，非得拆兩半說嗎？」翡翠沒注意到自己把抱怨喊出來了。

觀戰的露娜莉瞬間神色一厲，「小蝴蝶，妳在跟誰說話？那個髒東西難道沒離開嗎？不對，不可能……我明明把他驅逐出去了，妳身上難不成還藏有什麼？」

「我在跟我的空氣朋友說話不行嗎？我從小缺愛又寂寞，還不能允許我幻想有個空氣朋友了？」翡翠面不改色地胡扯，躲閃和攻擊卻變得謹慎起來，不敢過於大開大闔。

早知道他就不該把裙子割成那麼短了，動作太大，隨時都可能被看到裙下風光。

他不是女的，就算曝光也不在意，然而那鼓起的內褲一看就知道很有問題。

哪個女孩子裙子底下藏有大鳥的？

要是裙子下能自動打碼就好了。

翡翠可沒忘記，一旦被露娜莉發現真正性別，他會在瞬間被送出屋外。到時別說是破壞對方身上的胸針了，就連塔爾分部的任務也沒辦法完成。

水之魔女又不是傻子，怎麼可能不會馬上撤出克爾克城。

「您大可不用擔心，您現在所穿的內褲會很好地替您掩護。」斯利斐爾驀地開口。

「我穿的內褲？我穿的不是四角……」翡翠一聽就知道有問題，他抓住空檔，飛快撩起裙子一看，「雪特！」

在純白空間曾有過一面之緣的白色蕾絲內褲，竟然神不知鬼不覺地跑到了他的雙腿間，取代了貼身四角褲的位置。

他可以清晰地感受到他的丁丁和蛋蛋都被好好包覆住，但從視覺效果來看，蕾絲內褲底下並沒有任何不屬於女性的東西。

「你到底是什麼時候……」翡翠在腦中質問。有辦法做到這種事的人，除了斯利斐爾絕對不可能有別人，「幫人穿內褲，你還說你不是變態？」

「那時候是您自己穿的，在下不過是順手把內褲扔給您而已。」斯利斐爾堅決不揹這個鍋。

翡翠稍微一動腦筋，就能猜出是什麼時候了。

肯定是他被紫水晶手鍊迷惑心智，換上洋裝的空白期。

太大意了，他竟然連身上穿著女生內褲都沒發現到。

翡翠決定回去以後要研究個「鬆餅十八吃」的食譜，然後總有一天，這十八式通通要用到斯利斐爾身上！

而要想能吃到美味絕倫的厚鬆餅，就更要想辦法存活下來——爲自己、爲這世界換取到更多的時間！

即使只是背景板，也要當最美的背景板！

☆斯利斐爾・裝飾花紋

衣領裝飾	眼鏡裝飾
鞋子裝飾	外套排釦裝飾

第10章

一旦腦海內回想起那蓬鬆橙黃、似乎散發熱氣，還淋著濃稠焦糖醬的鬆餅，就讓翡翠覺得自己重新注滿了力量，就連那些和中毒果凍沒兩樣的紫黑人形也變得順眼多了。

唯一有意見的是能窺探到他意識的斯利斐爾。

斯利斐爾很想嚴厲斥責翡翠擅自意淫自己的行為，但眼下場合不適合讓對方分心，只得暫時先把這份悶氣吞下。

眼見又一個人形被重擊後再度回復原狀，彷彿怎麼都打不倒，翡翠蹙起姣好的眉。

這樣下去可不是辦法。

雖然那些人形在露娜莉的命令下，不敢真正傷害他分毫，但在成功接近露娜莉之前，他恐怕就會先耗盡體力了。

斯利斐爾自然也察覺這個問題。

透過翡翠的雙眼，他迅速掃視一輪視野內的紫黑人形，注意到那些半透明軀體內有著一個小點，正一閃一閃地發出微光。

「您有看到嗎？它們的體內有東西在發光。」

「我現在沒空看，除非你讓這些毒果凍停下來。」

「那就由在下給您指示——破壞它！」

翡翠看看自己宛如拐杖糖的法杖，再看看那些特大號人形果凍，想要確實地破壞它們可是一大問題。

如果雙生杖可以再變形就好了，最好是長長、尖銳的……可以一舉刺中目標的……

翡翠驚訝地發現到，自己的法杖居然再次隨著自己的意念變形了。

成爲一柄鋒銳的長槍！

槍尖閃耀著冷冷寒光，槍柄則保留著拐杖糖鮮艷明亮的色彩。

「哇賽！我想什麼都能變嗎？」

「您想太多了，在下認爲更該有所改變的是您的智商。」

面對斯利斐爾如嚴冬酷寒的駁斥，翡翠滿不在乎地一笑，眼底浮起銳光，長槍一甩，對著逼來的觸手悍然削斷。

失去部分身軀的紫黑人形晃了晃，手臂下一秒竟生長回來，短短的肢體瞬間增加長度，再度像條頑強的繩索緊追獵物不放。

「額頭正中央。」斯利斐爾霍然出聲。

翡翠的長槍立刻快狠準地朝指定位置戳下，硬物破裂的感覺清晰地透過尖端傳遞至他的掌心。

緊接而來的是面前人形宛如遇熱融化的奶油，一下子失去原來形體，成了地面上的一灘液體。

液體中還有一枚奇特小巧的金屬球骨碌骨碌滾動。

「那是什麼？」翡翠在腦中問。

「魔導具，魔法道具。看樣子水之魔女是利用這東西來操控人偶。」斯利斐爾的語氣倏然一沉，「來了。」

又一個紫黑色人形過來了。

「下巴。」

「脖子右側。」

「眉心。」

「左胸。」

斯利斐爾精準地報出一個個發光點。

翡翠長槍迅若疾雷，每每斯利斐爾話聲一落，槍尖便「噗滋」一聲沒入敵人體內。

兩人配合無間，翡翠掃盪的速度越來越快，大廳內的紫黑色水漬越來越多。

露娜莉再也維持不住先前悠閒的表情，她臉色暗下，藍眸裡似乎有洶湧暗潮。

還沒等翡翠闖過重重人牆來到她面前，那些剩餘的紫黑人形忽地自動瓦解，嘩啦啦的聲音在廳裡此起彼落響起。

下一剎那，翡翠神情驟變，猝然射來的利光讓他反射性往旁急急閃避。當他再定睛一看，赫然發現自己先前所站之處插立著多枚泛著寒光的冰錐。

——假如他剛才速度不夠快，那些冰錐插進的便是他的身體了。

「妳讓我很不開心，翡翠。」露娜莉手持法杖，一步步走下，杖柄「咚」地敲擊地面，彷彿要敲入人的心底。

空氣中溫度急劇下降，冷意拂上翡翠的肌膚，凍起了雞皮疙瘩。突來的氣溫變化，讓他一張嘴就吐出了一小團白氣。

「既然妳不聽話，那就只好讓妳再也反抗不了，永遠乖巧地當我的收藏品。」露娜莉法杖再次擊地，分布在周遭的紫黑液體倏然懸浮起來，凍成不規則形狀的寒冰。

「翡翠、翡翠，我漂亮的小蝴蝶，妳知道蝴蝶在什麼時候最美嗎？」露娜莉清脆的嗓音在挑高的宴會廳內迴盪，「是被做成標本的時候呀。」

翡翠對成爲標本敬謝不敏，他衡量一下與露娜莉之間的距離，立時在腦內規劃出一條路線。

路線一成形，他的身子也在這瞬間採取了行動。

他就像條快得讓人捕捉不住的閃電，敏捷避過那些像隕石砸落的冰塊，一晃眼就欺近露娜莉的面前，五指往前一探，卻在觸及銀白結晶的剎那間——

藍髮少女潰散成一灘水。

「什……！」翡翠愕然，沒想到眼前的竟然只是幻影。

「妳想搶走我的東西嗎？沒用的，它和我相連一體，除非妳連我的血肉一併挖出。這麼粗魯的行爲不適合妳，妳就應該當一個美麗的標本。這過程中，妳可能會受點傷，嘗到一些痛苦，也許還會斷手斷腳。但不用擔心，當妳死後，我會幫妳細心修復，讓妳比生前更加美麗。」露娜莉的聲音悠悠地從另個方位傳來。

翡翠連忙回頭一看，完好無缺的水之魔女抬起手，數根冰錐在她身側浮起。就像是特意要讓他看清楚接下來將傷害他的凶器，露娜莉和他正眼對上後綻開了靡艷的微笑，潔白的貝齒從張啓的紅唇中微微露出。

她說：「冰啊，貫穿那隻漂亮的小蝴蝶吧。」

冰錐閃電般射出，以驚人速度磨擦空氣，發出了獵獵聲響。它們像裝上追蹤器的子彈，隨著翡翠的逃竄一再迅速修正方向。

憑靠著種族優勢，翡翠屢次有驚無險地閃躲，銳物呼嘯而過的尖響不時在他耳邊響起。

可過不了多久，他就發現到自己能成功閃避，是露娜莉故意逗弄著他玩。

如同猛獸會先玩弄獵物一番，再給予致命的一擊。

因爲下一刻，冰錐追擊的速度加快、更快了！

它們在寬敞的宴會廳內高速穿梭，交織出一閃而逝的軌道，緊接著來勢洶洶地對準翡翠衝來。

翡翠本以爲自己已經夠矯健，可如今面對露娜莉，才猛然意識到自己不堪一擊。別說想碰到目標了，光忙著躲避就狼狽萬分。

血痕陸續撕裂了他雪白的皮膚，鮮血滲出，火辣的刺痛從傷口蔓延。他抬手抹了把臉，掌心上沾染著刺眼的血污。

冰錐的追擊沒有停下，一而再地迴繞在翡翠周圍，彷彿要戲耍他直到筋疲力竭。

翡翠能感受到自己的體力正不斷流失，豆大的汗水從他額角滲出、淌落……

「眞的該貫穿了。」露娜莉柔聲地說。

蟄伏在光鑑地板上的紫黑液體忽地彈跳起來，在空中凝水成冰。

紫黑色的利箭疾如流星，毫不留情地洞穿翡翠的手臂。

突來的劇痛讓翡翠手一顫，長槍從他掌心間掉落。

露娜莉法杖一揚，畫出優雅的半弧，刺穿翡翠的冰箭融化，眨眼凝凍出新的形體。

它們成了手銬、腳鐐，「唰」地分別鎖住翡翠的雙手和雙腳，讓他重心頓失倒地。

「毅力、意志力……人們總覺得這些東西能幫他們撐下去，但根本幫不了人的。」

露娜莉一步步走來，「妳看，不就幫不了妳自己嗎？」

眼看露娜莉與自己的距離越來越近，只要再幾步，他就眞的要成爲砧板上的魚肉，翡翠表面維持鎭靜，腦內思緒瘋狂運轉，幾乎都能聽見磨擦過熱的滋滋聲。

之前吃一袋晶幣才能用一次魔法，就算斯利斐爾現在在他體內，肯定也沒多少能量可以供給對方使用……

只好賭一把了！

反正再差的結果也比不上世界末日到來。

「斯利斐爾！」翡翠在心裡大叫，「幫我一個忙！」

露娜莉自是不會知曉翡翠心中的盤算，她享受著將獵物拿捏在掌心的滋味，藍眸愉悅地掃視翡翠全身上下，灼熱貪婪的目光有如火舌，像要一寸寸將對方舔舐燃燒。

「慢著！」翡翠忽地大聲說，「我想給妳看一個祕密，只要妳掀開我的裙子就能看到。只有現在，錯過妳就沒機會了，妳會後悔的！」

「是嗎？」露娜莉挑起眉梢，嘴角彎起妖冶的笑意，艷紅的舌尖舔了舔嘴唇，「那麼……就如妳所願。」

她施施然地來到手腳被縛的翡翠身邊，蹲下身，潔白修長的手指朝那塊鵝黃布料伸去，然後像逗弄似地慢慢掀起……

直到露出雙腿間緊繃貼身的純黑三角內褲。

露娜莉的笑容當場凝固，湛藍的眼睛瞠大。

內褲中央的部位鼓鼓囊囊，那膨脹的弧度就好像有人塞了根橡皮水管在裡面。

那個體積、那個存在感，任誰一眼都能看得出來，那絕不是女孩子該有的東西。

這名綠髮妖精竟然是男的！

比起見到斯利斐爾時的排斥和厭惡，這一幕的衝擊對露娜莉而言更加猛烈，甚至使她的頭腦一片空白，思考能力暫時停止。

不可能……不可能……

這麼美麗的妖精，全身每一寸都符合她心意的妖精，怎麼可能是男的!?

像要證明自己不過是眼花產生錯覺，露娜莉二話不說就要伸手朝內褲抓去。

翡翠心頭一跳，這一摸下去，誰知道會發生什麼慘劇。

爲免自己遭到辣手摧鳥，他抓準露娜莉尚未完全回過神的刹那，雙腿猛然屈起，往上重重一撞，凶暴地磕上那張清純艷麗的臉蛋，同時也為自己爭取到了空隙。

緊接著他高喝一聲，「斯利斐爾！」

說時遲，那時快，一道男人的虛影平空現身。

露娜莉摀著發疼的臉，瞳孔收縮，不敢相信應該被結界逐出的男人居然還待在這！

斯利斐爾利用露娜莉這瞬間的愕然，抓住翡翠的長槍，猛地朝他身前劈砍。

寒冰凝成的手銬和腳鐐應聲斷裂。

不待露娜莉尖聲喊出「滾出去」三字，斯利斐爾身形消散，回歸到翡翠體內。

掙脫束縛的翡翠眼疾手快地扯下肩上背包，衝著露娜莉的頭就是使勁砸去。

接二連三的強力撞擊讓水之魔女一陣暈眩，一時連站也站不穩，一個趔趄，狼狽地摔倒在地。

翡翠沒有給她喘氣的機會，抬手往虛空一握，長槍型態的雙生杖轉眼回到他手中。

然後，快狠準地朝著露娜莉左胸刺下。

銀白色結晶碎裂，飄散的碎片有如閃閃發光的星屑。

痛楚從胸口處炸開的同時，露娜莉瞪大的眼中倒映入翡翠面無表情的臉，那雙冰冷凜冽的紫眸讓她想到冬日結冰的湖泊。

美麗深邃。

底下卻潛藏著驚人的危險。

露娜莉的瞳孔渙散放大，胸口的起伏漸漸停止。

沒有波動的冰冷聲音猝不及防在翡翠腦中出現。

那聲音說：

「確認，能量獲得。宣告，法法依特大陸距離毀滅——尚餘三十天。」

確認藍髮少女胸口起伏完全停止，翡翠喘著氣，鬆開長槍，虛軟地跌坐一旁，身上是汗水、血水交融，看起來好不狼狽。

「我同意，毅力和意志力能有個屁用，更多時候……」他抹去臉上的髒污，看著被自己捅出一個洞的水之魔女，「當然得靠暴力才行。」

「您還好嗎？」斯利斐爾從翡翠意識中脫離，紅棕眼珠瞬也不瞬地凝視著對方。

「幸好你來得及幫我換掉內褲款式。現在，讓我吃個熱呼呼的厚鬆餅會更好，要淋很多焦糖和蜂蜜的那種。」翡翠同樣深情地凝望回去。

斯利斐爾直接無視翡翠那赤裸裸的意圖，「您沒大礙就好，在下不想拖您回去。」

「沒有『扛』這個選項嗎？」

「從一開始就沒有。」

「算了，反正我也不想要被男人抱。」翡翠表示大度地擺擺手，忘記自己手上還有傷，這一動，血就飛灑了幾滴下來，「剛剛那個聲音，你有聽到嗎？」

「如果您指的是世界存活時間延長的聲音，那麼在下確實聽見了。」斯利斐爾想了想，還是遵從《育兒九十九招》裡的教學，誇獎要及時，「您做得很好。」

「還行，世界和我的生命都從三天變成三十天，這還真是質量的飛躍呀。」翡翠的全身上下都在痛，可他還是滿不在乎地笑了笑，「那到底是誰在說話？真神不是睡了嗎？」

「是世界意志在說話。」斯利斐爾說，「法法依特大陸還剩下多少時間，只有它自身最清楚。而任務發布，則是真神透過世界意志傳遞。」

「聽起來都很忙。」翡翠聳了聳肩膀，從接連兩件任務中，他大概摸出一條規律。

若沒有扮成女孩子，那麼克爾克城的委託就不會落到他頭上；沒有來到克爾克城，就不可能接觸到水之魔女。

這一連串事情都有著關聯性。

就如斯利斐爾最初說過的：「真神給予的任務都有其意義存在，就算我等現在不知，之後也必定會知道。」

現在他的確知道了。

那兩件任務的最終目的，就是要從露娜莉那邊得到能量。

假如沒有先前的環環相扣，那麼他也不可能成功來到露娜莉面前。

「真讓人好奇她身上的那枚結晶，或者說是某種不明寶石，究竟是什麼，可以讓世界末日一口氣往後推遲那麼多天……」翡翠目光落至露娜莉胸口，那裡被他的雙生杖貫穿了一個窟窿，現在仍溢著鮮血。

斯利斐爾的視線跟著轉向，他看了眼了無生氣的藍髮少女，再移回綠髮青年臉上。

事實上，就連他都未曾想到，翡翠下手毫不遲疑，攻擊速度沒有一絲停滯，彷彿長槍刺下的對象並不是活生生的人類。

普通人不可能做到這樣的。

他們會猶豫、會膽怯、會不安，會沒辦法向相同種族的同伴果斷地下狠手。

就算翡翠如今是精靈，但他在原世界曾是人類。

除非……

斯利斐爾發現自己開始相信了，關於他是殺手的這一番話。

「算了，不管我破壞的那玩意是什麼，能有三十天總是好事。」只要想到能夠享受美食三十天，翡翠就覺得精神一振，疲憊的身軀好像又被注入一絲力量，「我們得想個辦法，把留在這的女孩子弄回去。」

翡翠嘴上說的是「我們」，但眼神卻直直盯著斯利斐爾。

爲免翡翠又嚷著沒吃到鬆餅搬不了人，斯利斐爾很乾脆地退讓了，「您得先說出您的計畫，在下才知道該如何執行。」

「把那些昏迷的女孩子都搬出來，外面那隻負責接送的半蛙人估計還在。威脅他一頓，讓他帶我們出去，他一定知道哪邊還有能夠離開這個空間的出口。」翡翠三言兩語交代完自己的打算。

斯利斐爾接下來的動作明確地表示出，他眞的不懂什麼叫憐香惜玉。

對於受傷的翡翠他都能說出要用拖的，而那些失去意識的女孩們，獲得的也是同樣的待遇。

翡翠還眞擔心有人會半路撞到腦袋而醒過來，到時要說明狀況就得花一番工夫了。幸好這樣的意外沒有發生。

從翡翠他們恫嚇半蛙人雷夫，到順利回到克爾克城，過程中沒有任何少女在中途清醒。

面對能夠打敗露娜莉的人，雷夫根本不敢生起反抗之心。將人送回城裡後，他立刻連夜打包行李逃跑，至於剩下的幾個同伴會發生什麼事，根本不在他的關心範圍內。

經過一夜辛苦，翡翠又累又餓又想睡，但最終疲累感打敗了飢餓，這也讓黛芙蘿雅家中院子的雪星草逃過一劫。

他和斯利斐爾合力將女孩們送到警衛隊門口。

由於不想再被人問東問西，便留了張字條，以塔爾分部的名義簡單交代事情的來龍去脈，便趁著天還沒亮，翻牆回了客房。

憑靠著搖搖欲墜的意志力，他只來得及換下破損的衣物，把血污大致擦了擦，一沾到枕頭就昏睡過去，連後續處理傷口都忘了。

第二天一早，讓翡翠震驚的事發生了。

他揉了揉眼睛，以爲自己產生幻覺，但在閉眼睜開後，看到的仍是相同景象。

那些被冰錐弄出的傷口——居然自動癒合了大半！

有些淺淺的傷痕更是直接成爲淡疤。

翡翠急忙從床上跳下來，把全身上下都檢查一遍，再呆愣愣地望向斯利斐爾，「是我沒睡醒，還是眞的好得差不多了？你半夜對我做了什麼事嗎？」

「您想太多了，在下沒那種興趣。」斯利斐爾斬釘截鐵地說。

難得能見到綠髮青年呆若木雞的模樣，斯利斐爾心情愉悅地欣賞了一會兒，才爲他揭曉謎底。

「那是您的種族優勢。」

「咦？」

「精靈擁有自癒的能力，只要有足夠的休息時間，傷口都能漸漸癒合。」

「那如果被砍掉腦袋，或是挖出心臟呢？」翡翠覺得還是要追根究柢弄個明白，「會怎樣？」

「當然會死。」斯利斐爾看翡翠的眼神就像在看一個智障。

「哇喔，這可眞是……」重生到這個世界以來，翡翠終於第一次感受到，什麼叫作「外掛」的存在。

老實說，有點爽。

「您得多熟悉這世界的知識。在法法依特大陸上，『精靈』兩字的意思是——」

翡翠轉過頭，看著那名銀髮紅眼的男人說：

「上天的恩寵。」

✣✣✣

大宅主人靜靜地躺在宴會廳的地板上。

她面色蒼白，蒼藍的眼眸睜得大大的，眼裡毫無神采，就像是所有情緒都凝固了。

身下一片濕濘，血跡和紫黑液體交融在一塊，看起來怵目驚心。

這時候，有誰的腳步聲冷不防接近，在地板上敲打出「噠、噠、噠」的聲音。

腳步聲的主人順著血腥味，一路找到了靜悄悄的宴會廳來，一眼就瞧見了那抹躺在地上的身影。

「喂，眞的死了嗎？死了我就要把這裡的東西全接收了喔。」帶著少年清澈感的嗓音落下。

「……那你等著被我追殺到天涯海角。」以爲應該是具屍體的水藍身影驀地發出嘶啞的聲音，接著竟是緩緩坐起，胸前被貫穿的窟窿還在汩汩地淌著血。

「嘖嘖，果然沒死成啊。」聲音的主人穿著一件寬鬆的連帽外套，帽子是兔子造型，兩條長長的兔耳朵垂晃在他腦袋邊。他雙手插在口袋，打算再往前走一步，卻被冷聲喝止。

「髒東西別過來。」露娜莉虛弱又嫌惡地說。

「太沒禮貌了吧，前同事好心過來看看你，你居然是這麼對我的？」兔耳外套少年咂咂嘴，不滿地嘟囔著，「說什麼髒東西，你自己不也算在內嗎？」

「滾遠一點……」露娜莉抬手拆掉髮飾，讓沾滿血污的長髮整個披散下來。僅僅一個小動作，似乎就花費了相當大的力氣。

「好喔、好喔。」少年識相地舉高雙手，往後再退。

隨著露娜莉的動作，身上本就破碎的禮服也順勢滑落，露出了白皙平坦的胸部。

──那是屬於男人的身體曲線。

接著露娜莉又扯下頸間的緞帶，沒了蕾絲的遮掩，少女不該擁有的喉結一覽無遺。

水之魔女居然是一名男性！

「那個洞還挺深的耶，路那利，我都能看到你裡面的風景了。」少年嘖嘖稱奇地說道：「那個傷口位置……不會吧，你的『碎星』被搶走了？那可是星耀之戒的碎片，還是傳說中眞神力量的碎片耶！」

「反正也只是仿造的……下一次，我會搶到眞的。」

「究竟誰那麼厲害啊，能把你傷成這樣……要不是你心臟在右邊，估計就眞的要死透了吧。眞可惜，本來想趁機把這地方的寶物都佔爲己有。我一聽說克爾克城有多名美麗的女孩失蹤，立刻就想到是你幹的了，才特地摸過來看看，想要好好關心你一番。」

「你話太多，舌頭不想要的話，我幫你割掉。」路那利沙啞地說，像毒蛇嘶嘶吐著舌信，「不需要你那無聊的關心，我和你們之間早就沒有關聯了。」

「別這麼說嘛。」少年笑嘻嘻的，搖頭晃腦，兔耳朵跟著擺動起來，俏皮又可愛，「組織還是願意隨時接納你回來的。」

「都是男人，都是骯髒東西的地方，讓我再多待一秒都無法忍受。」路那利指尖一動，分布在地上的紫黑水漬瞬間像有了生命，靈活地朝他身邊靠近，再爬上他的肌膚，一點一滴地灌入他胸前的破洞裡。

「你明明也是男人耶。」

「我是例外。」

「是是是……所以是誰對你出手的？冒險獵人嗎？還是獎金獵人？因爲你綁架太多女孩子被發現了吧。」

「是名非常美、非常美的妖精……」路那利回想起那雙冷絕銳利的紫色眼睛，就算知道對方只是假扮成少女模樣，他卻破天荒地產生不了任何牴觸或是厭惡心理。

那人的目光像是能灼傷自己，更像是深深地刺入了自己的心臟。從此之後，再也遺忘不了。

「他有著像春天嫩葉的綠頭髮，如同紫水晶剔透的眸子，眼下還有像淚水一樣的小小寶石……不管哪一部分都完美無瑕。我會再抓住他的，我要他做我最棒的收藏品，讓他永遠陪伴在我身邊。」

少年震驚地發現到路那利臉上浮現貪婪、痴迷的神情，他倒吸一口氣，第一次在這位收藏家眼中看見這種強烈的獨佔欲。

「你這樣子，還眞像一般人口中說的恐怖情人。」

「情人？我不需要那個，我只要安靜不說話的收藏品。」

「不過你這麼說，還眞讓人好奇起來了。」

「那是我的獵物，誰也不准對他出手。」

「這種話，等你好了之後再說吧。在這之前，假如讓我遇上，我就先替你會會她，眞好奇是多美的女孩子呀。」

「你要是敢動到我的收藏品，我就殺了你。」基於私心，路那利沒有說出翡翠的眞實性別。他無預警一抬手，地上剩餘的液體剎那凝水成冰，成爲多支箭矢襲向少年。

「哈哈哈！生氣了、生氣了！」少年跳起大笑，長長的兔耳朵一晃一晃的，「再見啦，路那利。希望下次見面你還活著！」

尾聲

七月上旬，天氣晴。

一旦碰上骷髏群出沒的日子，塔爾分部總會門可羅雀。別說是委託人了，連分部裡自己的冒險獵人也不想上門。

這時候的塔爾分部內總特別安靜，通常只有骷髏們窸窸窣窣做事的聲音。如果連負責人之一都跟著變成骷髏混入其中，那麼就會變得更安靜了。

充滿白花、白布幔、白桌巾、白椅套的大廳簡直就像靈堂一樣。

爲了避免嚇到不知情民眾，骷髏出來工作的這一天，塔爾分部的大門會緊緊閉上。

忽然間，這扇漆黑沉重的大門被人由外推開。

走進室內的是兩條身形相仿的人影，他們的影子斜斜長長地投映在地毯上。

如果翡翠他們這時候在場，一眼就能認出來，來人正是當天指引他們前來塔爾分部、還送了他們一疊優惠券的雙生少年。

被灰罌粟召喚出來的骷髏們沒有停下動作，依舊忙碌地做著自己該做的工作，彷彿走進來的是兩位不須它們招呼的客人。

他們本來就不須受到招待。

因爲他們根本不是客人。

黑髮少年與白髮少年一路走到了公會內部，來到灰罌粟面前。

灰罌粟慵懶地坐在椅內，手上拿著一封信。如魚尾的禮服下襬垂至地面，形成美麗的褶紋。她半掀著眼，目光落至了兩名少年臉上。

「回來啦，黑薔薇、白薔薇。」灰罌粟慢悠悠地說，聲音又低又軟，「這幾天的星花祭好玩嗎？優惠券有努力發送嗎？令人遺憾的，到今天爲止，還是沒人上門購買我們的小骨頭盆栽。」

黑髮黑眼、一身白的黑薔薇在灰罌粟面前坐下，像隻溫馴的貓，趴在她的腿邊。他抬眼看著白薔薇，嘴唇張闔，吐出了一個「有」字。

那聲音節像泡泡落入空氣裡，彈指間破滅消失。

但白薔薇就像毫無困難地理解了黑薔薇的意思。

「黑薔薇說，有個綠頭髮的妖精，她沒有來嗎？她說要來塔爾分部的。」白髮銀眸、一身黑的白薔薇趴在灰罌粟的另一腿邊，一樣像隻乖巧的貓咪。「她長得特別漂亮，我們給了她最多的優惠券，她一張也沒用到嗎？」

「很可惜，她也沒……」灰罌粟突然停頓了下，想起那天的雙人組沒過多久就被骷髏轟出去，就算對方有意買特產，顯然也來不及說出口。她彎起微笑，若無其事地改變話題，「差點忘了說，她叫翡翠，想成爲冒險獵人。我直接給了她一個委託，有關克爾克城的失蹤少女們。只要處理完畢，就能通過考核，正式成爲冒險獵人。」

「她能通過嗎？」黑薔薇問。

「還是會死呢？」白薔薇問。

「我的小薔薇們，她能通過，而且不會死……有點可惜了，我眞的很喜歡她的骨架，她一定有著美麗異常的骨頭。」灰罌粟晃晃手中的信紙，「克爾克城那邊來消息，翡翠把失蹤少女們全找回來了。」

雖然少女們醒來後對自己被綁架的那些天毫無記憶。

警衛隊則按照翡翠留下的線索，派人前往搜索約瑟夫的鞋店。約瑟夫暴露了魔物身分，他把自己知道的事都說了，但能夠通往水之魔女空間的出入口卻消失無蹤。

再也沒有人能找到那座寶石森林和湖邊大宅。

也沒人見到那位據說是幕後主使者的水之魔女。

但不管如何，那名綠髮妖精和銀髮男人超乎預期地完成任務，交出一份漂亮優異的成績單。

「該替他們準備同意書，然後蓋章簽名了。」灰罌粟朝其中一名骷髏勾勾手指。

很快地，一份文件和印章、印泥送了過來。

灰罌粟拍拍兩名少年的腦袋，要他們也去找出自己的印章。

同意書被攤展開來，負責人的專屬公章一個不落地蓋在紙上。

灰罌粟、黑薔薇、白薔薇。

冒險公會塔爾分部的三名負責人一致同意，為翡翠和斯利斐爾授予「鐵葉」稱號。

只等那兩人回到塔爾分部，這份同意書便即日生效。

《我，精靈王，缺錢！01》完

後記

新系列，開坑！

重新回到我最愛的劍與魔法的懷抱。

這次還加了一個很流行，但一直還沒嘗試過的元素……就是穿越重生！

第一次挑戰異世界重生文，就獻給我們的翡翠了。

不知道大家看下來的感覺如何呢？希望多多支持這位新手上路的新精靈王，雖然這位王沒錢沒人民，還一直處於餓肚子的狀態XD

當初在設人物時，花了比預期還久的時間。翡翠的外貌幾乎是立刻就冒出來了，反倒是名字一直決定不下來，想了好多個，但就是覺得跟他合不上。而合不上的話，對角色就產生不了共鳴感，連帶也會讓劇情架構整個卡住。

因爲主角是個愛吃的人，所以名字上我都是從食物類開始找。直到某天，靈感突然打到了我，讓我猛然想起小時候很喜歡的一道菜。

沒錯，就是翡翠替自己取短稱的那道菜色，翡、翠、湯。

翡翠湯眞的很好喝啊，我跟你們說。勾芡再加入魩仔魚或是蟹肉絲，煮好後再淋一點醬油進去，至今是我難以忘懷的美味，有機會請務必嘗試一下。

咳，不小心有點離題了，提到吃的就一時控制不住。

翡翠這兩字一冒出來，精靈王的形象也在瞬間飽滿起來了。

解決完主角的命名大事，接下來就順利很多。例如斯利斐爾其實是來自銀色的諧音，不過我和編輯都暱稱他爲小鬆餅。

文字部分解決了，馬上很愉快地把檔案傳給夜風大，接下來一切都交給她了，然後收到圖我就心滿意足地靠它們配了好幾碗白飯。

眞的太太太太好看了！

不愧是夜風大，不愧是吾王翡翠！

還有禁慾系的小鬆餅也超級棒的，看了都想咬一口，雖然他的第一次和第二次都被翡翠拿走了哈哈。

翡翠的新冒險才正要開始，接下來他會遇到更多事、更多人，也會更加地認識這個新世界。

《我，精靈王，沒錢！》，簡稱「精靈王」，請大家多多指教了！

我們下一集再見～～

醉琉璃

心得感想區QR Code
歡迎大家上來分享唷！

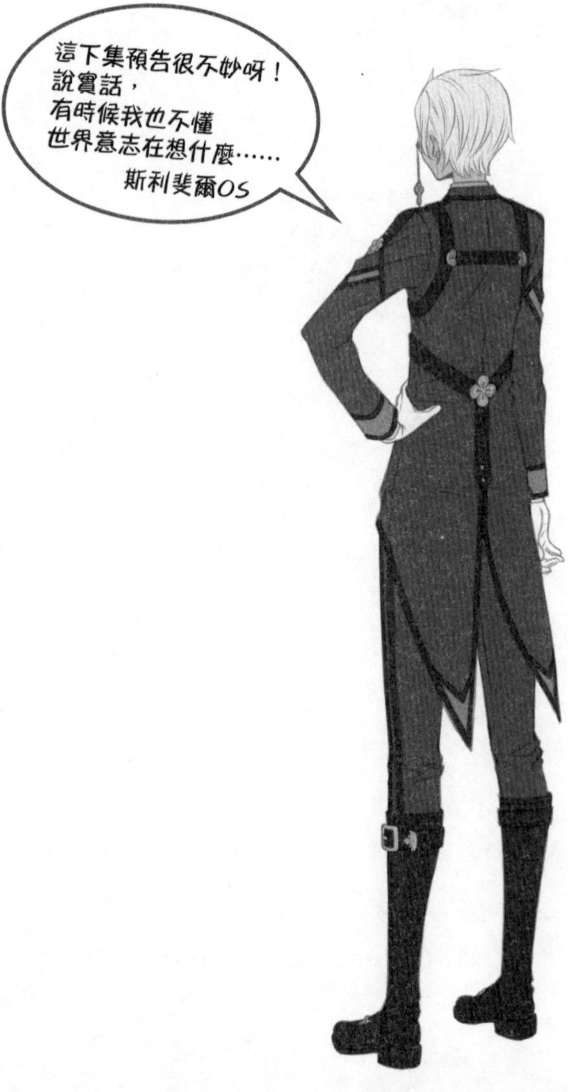
這下集預告很不妙呀！
說實話，
有時候我也不懂
世界意志在想什麼……
斯利斐爾OS

我，精靈王，缺錢！

【下集預告】

順利擺脫三天女裝，新上任的精靈王只想好好休息，
沒想到世界意志又發布新任務！
這次，他必須去找會跑會跳，
還會跟人玩「來啊來追我」的蘿蔔？！
哎，現在卸任不幹還來得及嗎QQ

新事件、新夥伴、新危機，
救世之路如此漫長，但翡翠表示，
只要願意每天包三餐下午茶晚茶兼宵夜，
還是能勉為其難再搶救一下這個世界的～

《所以我踏上拔蘿蔔之旅》

2020年國際書展，敬請期待！

國家圖書館出版品預行編目資料

我，精靈王，缺錢！/ 醉琉璃 著.
——初版. ——台北市：魔豆文化出版：蓋亞文化發行，2019.11
冊； 公分.（Fresh；FS174）
ISBN 978-986-97524-8-0（第1冊：平裝）
863.57 108017253

Fresh FS174

我，精靈王，缺錢！ 01

作　　者　醉琉璃
插　　畫　夜風
封面設計　莊謹銘
主　　編　黃致雲
總 編 輯　沈育如
發 行 人　陳常智
出 版 社　魔豆文化有限公司
發　　行　蓋亞文化有限公司
地址：台北市103承德路二段75巷35號1樓
電話：02-2558-5438　傳眞：02-2558-5439
電子信箱：gaea@gaeabooks.com.tw
投稿信箱：editor@gaeabooks.com.tw
郵撥帳號 19769541　戶名：蓋亞文化有限公司
法律顧問　宇達經貿法律事務所
總 經 銷　聯合發行股份有限公司
地址：新北市新店區寶橋路二三五巷六弄六號二樓
電話：02-2917-8022　傳眞：02-2915-6275
港澳地區　一代匯集
地址：九龍旺角塘尾道64號龍駒企業大廈10樓B&D室
電話：+852-2783-8102　傳眞：+852-2396-0050
初版一刷　2019年11月
定　　價　新台幣 220 元
Published and printed in Taiwan

ISBN 978-986-97524-8-0

魔豆

魔豆